AF143932

Les eaux profanées

2016 Micheline Cumant
Edition : BoD – Books on Demand
12/14 rond-point des Champs Elysées, 75008 Paris
Imprimé par Books on Demand GmbH, Norderstedt,
Allemagne
Dépôt légal : Juillet 2016
ISBN : 9782322095742

Micheline Cumant

LES EAUX PROFANÉES

*D'après un essai de F***P***B****

« Puis un des sept anges qui tenaient les sept coupes vint, et il m'adressa la parole, en disant : Viens, je te montrerai le jugement de la grande prostituée qui est assise sur les grandes eaux ».

La Bible, Apocalypse de Saint Jean, chapitre 17 verset 1.

PROLOGUE

Le jeune homme cherchait depuis plusieurs jours. Ses compagnons, las de le voir errer apparemment sans but, se risquaient de temps en temps à lui poser une question : « Maître, où allons-nous ? Que cherches-tu ? » Mais Habis secouait la tête, il cherchait un lieu inconnu, un personnage dont personne n'avait entendu parler et dont la seule évocation remplissait les hommes d'épouvante.

Le jeune Habis était devenu le roi des Cunètes après avoir échappé aux tentatives d'assassinat de son grand-père Gargorix, car il était né de l'inconduite de sa mère. Depuis, il se rendait compte que son peuple ne pouvait subsister longtemps en se nourrissant des produits de la chasse et de la cueillette, et qu'il fallait trouver un lieu propice à faire venir les plantes que d'autres peuples cultivaient.

Là-bas, il y avait un fleuve, mais qui charriait des montagnes de sable, ses berges étaient comme habitées par un démon souterrain. On ne voulait l'approcher, on parlait à voix basse de gens qui s'étaient engloutis dans les berges, on interdisait aux enfants de s'en approcher. Et, quand il était rassasié, l'eau disparaissait sous le sable qui restait agité de remous.

Et Habis, qui avait été élevé en Irlande quand sa mère avait voulu le soustraire à la colère de Gargorix, avait appris là-bas qu'il y avait des dieux de la terre, des arbres et des rivières, il avait entendu parler du géant Eochaid, le grand druide, qui avait dans sa jeunesse été invité à creuser un puits qui avait permis de fertiliser toute une plaine. Ce géant qui commandait à la nature, c'était lui qu'il fallait aux Cunètes, il pouvait leur creuser un autre puits, faire venir une rivière, au moins trouver la source qui leur permettrait de bâtir une fontaine.

Mais les compagnons de Habis hésitaient : Eochaid était peut-être appelé « le dieu bon », mais il avait une réputation de rustre, de glouton, c'était un être qui n'était jamais rassasié. De plus, il traversait régulièrement le fleuve aux sables mouvants, est-ce que ce ne serait pas lui qui ordonnait de prendre des hommes en sacrifice ? Il nourrissait le fleuve en lui apportant des proies, peut-être. Et l'on disait qu'il déracinait des chênes dont il faisait des massues, se déplaçait toujours avec un grand chaudron. Habis répondait que le chaudron était l'objet qui nourrissait tout un village et non celui où un ogre faisait cuire des enfants. Quant à savoir comment il traversait le fleuve, et pourquoi, on l'apprendrait en temps voulu.

Ils trouvèrent à l'orée d'un bois un petit hameau groupé autour d'un puits. Les maisons semblaient désertes, ils s'approchèrent. Une femme sortit d'une maison et leur proposa de l'eau, ils acceptèrent et s'assirent sur des pierres autour du puits. Elle leur dit s'appeler Godig, les autres habitants étaient dans les bois, les hommes chassant, les enfants ramassant des glands dont on faisait de la farine.

Des glands ? Il y a des chênes par ici, alors, dit Habis. La femme eut l'air étonnée, mais un des compagnons lui dit en riant qu'il pensait que le géant Eochaid avait déraciné tous les chênes. Godig sursauta et se fâcha. Eochaid était un géant protecteur, s'il déracinait un chêne c'était pour que les hommes s'en nourrissent, en fassent des maisons, des coffres, et pour apporter les glands à ceux qui en manquaient. Et aussi pour leur ouvrir des passages permettant d'aller aux endroits où ils pratiquaient la chasse et la cueillette. Habis la pressa de questions, le voyaient-ils ? Comment se manifestait-il ? La femme secoua la tête. Il ne fallait pas appeler Eochaid, il venait quand bon lui semblait, tout simplement. Mais aussi, quand les hommes avaient besoin de lui, il le savait, il venait.

Godig attira Habis à l'écart et lui montra un petit tertre un peu plus loin. Derrière il y avait une caverne, avec une source, et c'était là que le géant Eochaid venait après avoir traversé le fleuve aux sables maléfiques pour s'accoupler avec les filles de la fontaine Godeline. Elle connaissait cette histoire car, lorsqu'elle était née, sa mère avait ressenti les premières douleurs de l'enfantement aux pieds de cette colline, et c'était pourquoi on l'avait appelée Godig.

Habis se rendit avec ses compagnons auprès du tertre où ils trouvèrent la source. Mais un gros orage éclata. Plusieurs des compagnons se réfugièrent dans la caverne, d'autres sous les arbres. Habis les rappela, les arbres attiraient le feu du ciel, et la caverne était celle où Eochaid forniquait avec les filles de la fontaine, il ne fallait pas profaner ce lieu.

Certains de ses compagnons lui obéirent, mais d'autres tinrent à rester dans la caverne. L'orage ne dura pas, mais la source se mit à grossir, jaillit en filets d'abord minces puis de plus en plus épais comme des tentacules, entraînant les malheureux qui avaient voulu violer l'antre d'Eochaid. Habis vit de loin ses compagnons tournoyer, prisonniers d'un torrent violent qui grossissait, s'épaississait même, semblait-il. En même temps, il aperçut les rives du fleuve aux sables qui se rapprochaient et engloutissaient les profanateurs. Eochaid commandait à la terre, aux sables et aux cours d'eau.

Au matin, le temps était clair et doux. Un peu plus loin, ils virent une rivière, qui coulait régulièrement, et l'herbe était verte et grasse. Remerciant Eochaid, ils décidèrent de venir chercher leur peuple pour s'y établir.

Habis décida que l'on pouvait indiquer à la nature ce qu'elle devait faire pousser, il apprit à son peuple à labourer la terre et à semer le blé. D'autres habitants arrivèrent d'autres tribus, ils les accueillirent, la rivière leur restait fidèle, ne manquant jamais d'eau.

Le tertre et la caverne demeurèrent inviolés, nul n'avait plus désormais le droit d'y pénétrer. Les nuits d'orage, le vent y soufflait, et on entendait le chant des filles de la fontaine. On disait qu'Eochaid prenait du bon temps, il fallait se réjouir avec lui.

I. ANDRÉ.

André H*** n'osait plus rentrer chez lui. Pourtant le crépuscule commençait à descendre et déjà la Maine se couvrait de brumeuses volutes automnales. Il savait qu'il lui suffisait de quelques minutes pour gagner la place Molière et parvenir à l'extrémité de la rue Plantagenêt où il demeurait. Mais la crainte conduisit ses pas dans la rue Baudrière, aux nombreuses maisons du dix-huitième siècle, qui monte vers la cathédrale. Arrivé au coin de la rue Saint-Laud, près du centre commercial, il remarqua que les lampadaires s'allumaient, que les rues commençaient à se désertifier. Il aspira une grande bouffée d'air humide, indifférent à tout ce qui vivait encore autour de lui. Un gamin sur une planche à roulettes le heurta, car il venait de s'arrêter brutalement au milieu de la rue. Ils s'excusèrent simultanément. André aurait souhaité que ses jambes deviennent paralysées, il regretta de n'être pas tombé, pour qu'on l'emmène dans un quelconque hôpital, loin, très loin de chez lui. Il aurait fallu que le tram passe, qu'il tombe devant, qu'il soit bousculé, cela aurait fait venir des gens, on se serait occupé de lui.

Mais à présent, il savait qu'il lui faudrait rentrer. À moins qu'il ne décide de s'arrêter un moment dans un café, afin de reculer l'échéance. Ce qu'il fit. Le bistrot allait bientôt fermer, mais on voulut bien lui servir un café qu'il but lentement. Il savait que chaque goutte avalée le rapprochait de l'inéluctable moment où il lui faudrait introduire sa clé dans la serrure de la porte de sa maison. Un bref moment, sa main trembla et il eut envie de pleurer comme un enfant. Le glouglou grotesque que fit une bière pression en tombant dans un verre le fit sursauter.

Son regard se posa sur sa tasse désespérément vide. Il paya avec un gros billet, souhaitant que le serveur mette longtemps avant de trouver de la monnaie. Celle-ci rendue, trop vite à son gré, il mit encore un temps infini, mais qui lui parut d'une intense brièveté, comme si le temps s'était resserré, à mettre ses gants, son chapeau, à ajuster sa canne dans la paume de sa main. Au sortir du café, la fraîcheur nocturne l'entoura, menaçante.

Bien qu'il eût marché le plus lentement possible, il se trouva bientôt face à la porte de bois sombre de sa demeure, ultime rempart entre la vie réelle et ce qu'il croyait l'attendre derrière, tapi au plus profond de la maison.

Peut-être la serrure serait-elle bloquée ? Mais le mécanisme tourna sans un bruit, n'éveillant nul écho dans le vestibule. Lorsque la porte se fut refermée sur la rue, une peur de glace figea l'homme, empêchant sa main de trouver le commutateur électrique. Il songea que, s'il avait la certitude qu'on pouvait le croire ... mais à quoi bon ? Il savait qu'il devrait lutter seul.

Au prix d'un effort qui le fit transpirer, il réussit à allumer le lustre qui dispensa une lumière blafarde. Il poussa un soupir de soulagement lorsque son ouïe ne perçut que le vide. Pas de bruit, pas de sonnerie de téléphone. Il se pouvait qu'il dîne tranquille.

Sauf si son imagination le tourmentait à nouveau. Mais était-ce seulement de l'imagination ?

II. ÉTIENNE.

Étienne D*** remit les papiers dans l'épais dossier et le referma. Un moment, il eut envie de le ranger, mais préféra le laisser sur son bureau. Il s'agissait tout de même de Maître André H***, son ancien professeur à la faculté de droit, dont l'étude de notaire était bien connue dans la région angevine. Il s'était adressé à lui, son assureur, Étienne pouvait y prêter un peu plus d'attention. S'il s'était agi d'une autre personne, il eût mis les déclarations de son client sur le compte d'hallucinations, d'affabulations infantiles. Mais non, il connaissait Maître H*** qui avait les pieds sur terre, et sa demande d'expertise touchant à des infiltrations d'eau était tout à fait légitime. Une maison ancienne, proche de la Maine, cela pouvait arriver.

Mais là où il ne le suivait plus, c'était au sujet de ses déclarations touchant à des bruits la nuit, et une impression qu'il y avait quelque chose qui bougeait dans sa cave … il lui avait conseillé de faire venir une entreprise de dératisation, lui avait fourni une adresse …

Depuis les travaux du tramway, il était possible que l'on eût dérangé quelques rongeurs qui avaient migré vers un autre sous-sol. Et, dans ces vieilles maisons, en creusant un peu, on pouvait trouver des sous-sols qui communiquaient, des fissures, des tuyauteries anciennes qui pouvaient permettre le passage des rats.

Touchant à l'inquiétude de son ami au sujet de coups de téléphone qu'il recevait, venant d'un numéro inconnu, il lui avait conseillé d'aller porter plainte à la police : il pouvait peut-être être menacé par quelqu'un, ou tout simplement s'agissait-il d'un mauvais plaisant ... Un étudiant recalé, un héritier privé de succession, un client mécontent, on manifeste sa mauvaise humeur comme on peut ... André était allé porter plainte, il avait seulement déposé une main-courante, les policiers pensant comme Étienne qu'il s'agissait d'une mauvaise plaisanterie : tout le monde peut être harcelé au téléphone, peut-être était-ce une de ces publicités, n'en avait-il pas reçues dans sa boite mail ? N'avait-il pas par mégarde communiqué son numéro de téléphone personnel au lieu de celui de son bureau ? Rechercher le titulaire de ce numéro ? Mais on peut acheter un téléphone à carte n'importe où, sans donner son nom. Personne ne vous parle ? Donc on cherche seulement à vous déranger. Le sérieux et la notoriété de Maître H*** lui avaient permis d'être écouté, on avait enregistré sa plainte, sans plus.

Étienne était assureur, mais, proche de la retraite, il déléguait de plus en plus les affaires de son agence à son associé, à qui il laisserait l'affaire le moment venu. Son plaisir était de se retrouver dans son petit domaine familial du bocage haut angevin, et il commençait à être connu pour ses romans de style *« heroic fantasy »,* dans lesquels il s'inspirait de légendes locales ou de mythes celtiques. Il était un membre actif d'une association d'amateurs de littérature fantastique et des écrits de Lovecraft[1]. Une de ses cousines, historienne, le mettait en garde contre les idées véhiculées par ce genre de société, tendances sectaires, mythes destructeurs, magie noire, idées de race supérieure touchant au néonazisme, mais

---

[1] Howard Phillips Lovecraft (1890-1937), auteur américain d'ouvrages de littérature fantastique et d'horreur, dans la lignée d'Edgar Allan Poe, qui est considéré comme l'un des grands écrivains de ce genre, notamment par Stephen King. Ses théories sur la place de l'homme dans l'univers sont profondément pessimistes, à l'opposé des idées du siècle des Lumières et de la rédemption apportée par le christianisme. Sa création du « Mythe de Ctulhu » procède à la fois de la science-fiction, du fantastique et de l'horreur.

Étienne répondait qu'il était suffisamment prudent pour ne pas étaler d'idées politiques ou religieuses sur la Toile, sa page *Facebook* étant essentiellement consacrée à des annonces littéraires. Et qu'il n'était plus un gamin pour être influencé par des idées fumeuses, il écrivait pour se distraire et pour distraire les autres, tout le monde aime à frissonner en lisant une histoire horrible ... tant que cela reste une histoire ...

L'heure tournait, et Étienne avait envie de se rendre à l'hippodrome d'Éventard où courait le cheval d'un des voisins de son manoir campagnard. Il laissa le dossier et sortit.

Dans sa voiture, il s'aperçut qu'il avait oublié de prendre son téléphone portable. Bah, tant pis, le monde n'allait pas s'arrêter de tourner pour un après-midi. En plus, il ne serait pas dérangé. Comme dans l'ancien temps ... Il consulterait ses mails ce soir, il y aurait peut-être une communication de la société littéraire.

La réunion de courses fut bizarre : les favoris furent battus. Cela pouvait arriver, mais pas systématiquement. Étienne n'était pas un gros joueur, aussi n'en fut-il pas affecté. Lorsqu'arriva la course d'obstacles à laquelle participait le cheval de son ami, il se dirigea vers le guichet des paris, misa, et s'aperçut après coup qu'il s'était trompé de numéro : au lieu du 10, il avait dit « le 8 ». La course allait partir, trop tard pour retourner au guichet. Bon, tant pis. Mais voyons ce « 8 ».

C'était un grand cheval gris clair, haut en jambes, osseux, mais puissant, monté par un bon jockey. Étienne suivit la course du cheval de son ami. Il se comportait bien, sautait agilement, et Étienne commençait à regretter de s'être trompé en pariant lorsque, en sautant une haie qui apparemment ne présentait aucune difficulté, il vit le cheval gris accélérer d'un coup et sauter de biais, bousculant l'autre qui se reçut mal, glissa, le jockey tomba, mais se releva ensuite sans encombre, ainsi que le cheval qui reprit la course tout seul, comme cela se passe toujours.

Étienne descendit de la tribune pour rejoindre son ami qui avait rattrapé le cheval. Il n'avait rien qu'une éraflure au genou, rien de grave. Mais l'entraîneur et le jockey étaient d'accord pour déposer plainte contre l'autre cheval qui avait dévié de sa route et provoqué l'accident. L'autre jockey admit la faute de bonne grâce, le cheval lui avait brusquement arraché les rênes des mains, il ne s'y était pas attendu.

En attendant, le cheval gris avait gagné. Il y eut réclamation, il fut éliminé. Tout comme le jockey, le propriétaire admettait parfaitement la sanction. Il offrit un verre à Étienne et à son ami, s'offrant à régler les soins vétérinaires, s'il en était besoin. Il était d'autant plus gêné qu'il avait hésité à faire courir ce cheval, qui avait un caractère assez lunatique, bien que très bon sauteur et puissant. Il avait vaguement parlé de le vendre et, la semaine passée, avait reçu une cavalière qui, après l'avoir monté, s'était déclarée intéressée, elle cherchait un cheval pour faire de la randonnée. En monte classique, en l'encadrant bien avec les jambes, il se tenait tranquille. Mais il avait décidé de l'essayer encore une fois en course, mauvaise idée, il s'en voulait. Le voisin d'Étienne le rassura, son cheval n'avait rien, mais il fut d'accord avec le propriétaire pour que ce cheval arrête sa carrière de courses. Tout le monde trinqua, sans rancune.

Mais bon, c'était tout de même une mauvaise journée.

Dans sa voiture, Étienne se fit la réflexion que l'on avait tort de considérer la vie parisienne comme plus difficile que la provinciale. Car aller facilement un lundi à dix-huit heures de l'hippodrome d'Éventard au centre d'Angers et rentrer sa voiture au parking relevait de l'exploit.

En arrivant sur les quais bordant la Maine, la circulation redevint plus fluide et il put gagner sans trop de peine le parking où il garait sa voiture, puis son logis de la vieille ville. Il habitait un petit appartement aménagé dans un ancien hôtel particulier du dix-septième siècle, bâti au fin fond d'une étroite impasse bordée de maisons moyenâgeuses. Il considérait ce logement comme un simple pied-à-terre, sa véritable résidence étant son domaine à la campagne.

Son premier soin, en rentrant, fut de consulter son téléphone portable. Plus de batterie, il avait oublié de le brancher. C'est le jour, se dit-il. Il y avait heureusement le fixe, qui clignotait : un message sur le répondeur. C'était son ami Michel V*** qui lui demandait de le rappeler à son domicile. Il alluma son ordinateur pour consulter ses mails : rien d'important. Si, l'annonce d'une réunion de l'association à Paris ... une conférence de ... il verrait s'il pouvait s'y rendre.

Il allait se préparer à dîner, mais il n'y avait pas grand-chose dans le réfrigérateur, et il se souvint qu'il devait rappeler Michel. Bon, peut-être voudra-t-il que nous dînions ensemble. Appelons-le.

Michel V*** était un ancien camarade de la faculté de droit, et pendant un temps ils avaient été rivaux : en effet, Étienne fréquentait à cette époque Hélène, comme eux étudiante en droit, et elle n'était pas indifférente à Michel, surtout à cause du goût de celui-ci pour le sport, alors qu'Étienne ne s'y intéressait pas vraiment, jouant au tennis avec Hélène sans emballement, juste pour être avec elle. Michel, lui, suivait les résultats de toutes les compétitions sportives, du football à la navigation à voile, et Hélène l'accompagnait fréquemment à des matches. Finalement, Michel était entré à l'école de police, Étienne avait cru qu'Hélène lui resterait, mais, lorsque son rival, après ses examens qu'il avait réussis brillamment, fut nommé commissaire au Mans puis à Angers, elle le rejoignit et l'épousa.

Pendant quelques années, ils ne s'étaient plus revus, mais un jour, lors d'une réception donnée à la préfecture où s'étaient retrouvés des notables de la ville, Étienne était tombé sur Michel, récemment promu commissaire principal, qui lui apprit qu'Hélène était morte, foudroyée par un cancer. Étienne se reprocha ... quoi, au fait ? De ne pas avoir donné signe de vie pendant tout ce temps, il s'était toujours bien entendu avec Michel, il aurait pu le soutenir ...

Étienne se rendit compte qu'il n'avait jamais vraiment souhaité vivre avec quelqu'un, Hélène ou une autre. Aussi n'avait-il pas vraiment souffert de la rupture avec elle, ce n'était que son orgueil qui l'avait empêché de conserver de bons rapports avec le couple. Il se jura de ne plus laisser tomber Michel.

Michel étant commissaire de police, et Étienne écrivain de romans fantastiques, mais qui à l'époque tâtait du roman policier et se tenait au courant des faits divers locaux et nationaux, les deux amis se trouvèrent des points communs. Étienne apprit comment fonctionnait la police scientifique, Michel s'intéressa aux légendes locales qui pouvaient expliquer certaines attitudes ou opinions de la part de campagnards âgés.

Un jour, Michel avait présenté un ami à Étienne : Tadek J***, Polonais d'origine, était footballeur professionnel. Mais il était également un garçon cultivé, adorant lire et s'intéressant particulièrement à la littérature fantastique. D'un abord timide et discret, il était tout autre sur un stade, à la fois puissant et agile. Bien que rien dans leur attitude ne le laisse transparaître, Étienne devina le lien qui les unissait. Et peu de temps après, dans une conversation anodine, Michel avait glissé « tu sais bien que je suis bisexuel ». Cela avait fait sursauter Étienne, qui ne s'en était jamais douté. Il avait creusé dans ses souvenirs de faculté, puis après ... et Hélène ... Oui, elle le savait, mais quand j'étais avec elle, j'avais des préoccupations professionnelles, elle aussi, on n'avait pas le temps d'avoir des aventures extraconjugales, et nous, enfin, moi, du moins, cela ne me venait pas à l'idée. Non, je ne vis pas avec Tadek, il fait ce qu'il veut, il voyage, et il y a encore trop de gens que cela ferait rigoler bêtement, peut-être que cela lui ferait du tort, peut-être à moi aussi ... Même de nos jours ... On se voit, c'est tout, on a passé quelques week-ends ensemble. Qui est-ce que cela gêne ?

Étienne, cela avait gêné Étienne, qui n'avait jamais pensé à cela, n'avait jamais envisagé la vie privée de ses connaissances sous cet angle, à qui on ne l'avait jamais dit. Ah, sa cousine, Julie ... mais c'est une femme, ce n'est pas pareil ...

Michel s'était rendu compte qu'il avait troublé son camarade, et s'était excusé en disant : « Bon, n'en parlons plus, mais tu es un ami, il vaut mieux que tu le saches ». Depuis, il n'avait plus parlé de Tadek que sur un mode anecdotique, Étienne les avait revus ensemble une fois en assistant à un match de football, et il s'y était habitué. En fait, il ne s'intéressait pas à la vie des gens, et il avait été plus gêné par le fait que Michel lui fasse une confidence que par la chose elle-même.

En revanche, ils se voyaient régulièrement pour discuter de leurs professions respectives, et Étienne glanait pas mal de renseignements pour ses romans par les faits que Michel pouvait lui raconter touchant à ses enquêtes. En fait, ils étaient assez seuls tous deux, et s'étaient aperçus qu'ils ne pouvaient se passer l'un de l'autre, même s'ils ne se rencontraient que dans des lieux publics, cafés, restaurants, cinémas, stades ... L'amitié peut être exclusive. Bien que chacun sache parfaitement où habitait l'autre, ils se disaient parfois « tu viens me chercher », l'autre montait, les deux amis repartaient aussitôt. Les voisins ne risquaient pas de cancaner !

Étienne appela Michel, qui lui donna rendez-vous dans un restaurant de la vieille ville que tous deux connaissaient bien. Il ne donna pas de raison particulière, Étienne ne le lui demanda pas. Il avait envie de le voir, de toute façon.

Il fit tout de même attention en descendant les escaliers et, dans la rue, y regarda à deux fois avant de traverser, se méfia des voitures, du tram, des deux roues, des gamins qui couraient, des gens chargés de paquets ou traînant des caddies, et même des chiens en laisse. La mauvaise journée n'allait pas continuer, tout de même.

III. MICHEL.

Étienne était installé depuis un bon quart d'heure lorsque Michel arriva en s'excusant de son retard et prit place en face de son ami. Le rituel était toujours le même : ils se disaient bonjour rapidement, puis entreprenaient de choisir le menu, ou une consommation s'ils étaient au café. Les détails terminés, ils reprenaient généralement la conversation qu'ils avaient eue à leur précédente entrevue. L'un d'eux commençait généralement par « comme je te le disais l'autre fois … » et l'on enchaînait. Le processus ne variait pas, qu'ils se soient vus deux jours auparavant, ou une semaine, ou un mois. Il arrivait tout de même que l'un oublie le sujet de la conversation précédente, ou la conclusion à laquelle ils étaient arrivés. En général, cela les amusait.

Ils commandèrent le menu avec soin, le restaurant offrait un choix gastronomique digne de satisfaire les papilles les plus exigeantes. Pendant le repas, ils ne parlèrent que de choses et d'autres, on ne gâche pas un menu de bonne qualité par des exposés judiciaires, scientifiques ou techniques. Parler boutique dans un bon restaurant, devant un tournedos Rossini, est semblable à consulter ses mails sur son téléphone portable au concert, pendant que l'orchestre joue la neuvième symphonie de Beethoven.

Aucun des deux n'ayant à conduire pour rentrer chez lui, ils prirent après un café un marc régional, et Michel demanda à Étienne où il en était de son prochain roman.

— Je n'avance pas, répondit son ami. Peut-être suis-je vidé ?

— Alors, j'ai peut-être de quoi apporter de l'eau à ton moulin. Un sujet qui te rapportera le Prix Goncourt, j'en suis sûr !

— Une enquête intéressante ?

— J'ai l'impression. Un mystère dont je n'arrive pas à me dépêtrer. Car, en dehors des faits, indubitables, il y a des éléments étranges, quasi irrationnels.

Étienne le pressa de s'expliquer.

— C'est assez incroyable, je te préviens. Voici les faits concrets : samedi, une femme de ménage nous a prévenus de la disparition de son employeur, un notaire à la retraite. Mais tu le connais, notre ancien professeur, André H***. Je crois que tu es son assureur, non ?

— Mais oui ! Et même, il propose mon agence à tous ceux de ses clients qui achètent un bien immobilier et cherchent un assureur. Il m'a envoyé beaucoup de monde. Oui, il habite la vieille ville. Il a disparu ? C'est tout récent, alors, je l'ai eu au téléphone la semaine dernière. Mais je pense que tu sais aussi qu'il avait quelques craintes, à la fois matérielles, des infiltrations d'eau dans sa cave, et … je dirais relationnelles, il reçoit des coups de téléphone anonymes à toute heure, à une fréquence telle qu'il s'est inquiété et a porté plainte.

— Exact, j'ai vu le dossier. Comme il s'agit de Maître H***, en plus notre ancien professeur, j'ai suivi personnellement l'affaire, mais je n'ai rien trouvé qui puisse prouver une éventuelle menace, ni un chantage. Nous avons tous cru à un mauvais plaisant. Mais, à présent, je me demande si ses craintes n'étaient pas fondées.

— Alors, il a disparu ? Mais quand …

— Son employée l'a vu vendredi, elle l'a trouvé bizarre, fatigué, préoccupé. Le lendemain, quand elle est arrivée – elle possède la clé -, il n'était pas chez lui. Elle s'est dit qu'il était peut-être sorti pour un moment, elle a attendu un peu, et s'est inquiétée. Cela n'était jamais arrivé. Comme c'est un homme âgé, elle a craint qu'il n'ait eu un malaise dehors, ou un accident, et est venue nous prévenir. Mon collègue de service a tout de suite pensé à la plainte déposée, et m'a prévenu. Nous sommes allés chez lui, où la femme de ménage nous attendait. D'après elle, c'était un homme très méticuleux, or nous avons retrouvé toutes ses affaires, ses papiers, sa carte d'identité, ses cartes de crédit, de l'argent. Il ne serait jamais sorti sans papiers, nous a-t-elle dit.

— Personne ne l'a vu ?

— Non, depuis vendredi soir où des témoins l'ont vu dans un bar près de la cathédrale, il est ensuite rentré chez lui. D'après nos investigations et le témoignage de l'employée, il a, comme d'habitude, dîné seul chez lui – elle a retrouvé les restes du repas dans la cuisine. Ensuite, il s'est littéralement volatilisé.

— Amnésie passagère ? Crise de démence ? Ou alors, un enlèvement ... Mais peut-être aussi l'employée s'est-elle affolée un peu vite ?

— Bien sûr, nous avons pensé à tout cela. Les recherches, à l'heure actuelle, n'ont rien donné. Il est évident que, comme nous pataugeons, nous n'avons pas ébruité l'affaire, la presse ne sait rien. Mais il y a plus ...

— Tu m'inquiètes !

— C'est là que l'affaire devient folle : la cave de son domicile a été inondée.

— Inondée ? sursauta Étienne. Rue Plantagenêt ? Mais personne d'autre dans le quartier n'a eu ce type de problème récemment, je puis te l'affirmer, au moins pour les personnes qui sont assurées chez moi.

— Et bien si, la cave était inondée, les murs suintaient d'humidité comme les parois d'une citerne récemment vidée. Le plancher du rez-de-chaussée était pourri, c'est cela qui a affolé l'employée, qui a affirmé que, la veille, il était en parfait état. De plus, il n'y a pas une seule conduite d'eau sous la cave ni dans la pièce du rez-de-chaussée.

— Oui, je connais, j'étais venu une fois, quand il avait fait changer ses serrures, pour vérifier que les sécurités étaient conformes. Effectivement, il n'y a pas de conduite d'eau sous la cave, les tuyauteries passent derrière, et elles ont toujours été vérifiées.

— Exact, je suis allé au cadastre, j'ai vu le plan des égouts, des conduites, il n'y a aucune raison ... Il n'y a pas le gaz non plus, tout est électrique dans cette maison. Et, en plus, le sol de la cave présente de curieux aspects, comme si on l'avait soulevé, ou si l'on avait creusé et rebouché un trou ... difficile à décrire, il faudra que tu viennes voir, tu auras peut-être une idée.

— Mais tu es certain qu'il y a eu inondation ? Pas un acte criminel, quelqu'un qui aurait endommagé volontairement le plancher, il n'y a pas de marques d'effraction ?

— Non, les experts sont passés, ils sont formels, il n'y a pas de traces de pas, les dégâts semblent être dus à une cause naturelle. Tu vois le problème. Toi qui traites du fantastique dans tes romans, que penses-tu de cela ?

Étienne sursauta, il parut se souvenir de quelque chose. Il hésita un court instant, comme s'il cherchait ses mots.

— Crois-tu qu'il se serait *noyé ?*

— C'est complètement invraisemblable, noyé où ? Dans sa cave ? Où serait le corps, dans ce cas ?

— C'est une idée que je viens d'avoir. Mais si c'est impossible ...

— Évidemment, je ne veux rien écarter. Il va falloir que nous sondions la cave. Si tu pouvais venir demain ? »

IV. PIERRE.

Le lendemain, Étienne arriva rue Plantagenêt, devant la porte de la grande maison Napoléon III à la porte de bois noircie par les intempéries. Michel arriva presque au même moment dans une voiture banalisée, flanqué d'un jeune inspecteur au regard malicieux.

Les présentations furent rapidement effectuées : « Le Lieutenant Pierre S***... Étienne D***, qui est l'assureur de Maître H*** et mon ami », et le trio entra dans le vestibule de la maison dont les murs sombres, seulement ornés de patères noircies par les ans, de quelques gravures se voulant maladroitement décoratives, étaient éclairés par un lustre de verre terni datant des années 1920 et qui dispensait une lumière blafarde évoquant irrésistiblement les néons des chambres d'hôpital de cette époque. On eût dit des murs de prison, tant la couleur en était passée, et l'escalier qui montait dans les ténèbres du fond du couloir paraissait ne mener nulle part. Étienne avait beau connaître cette maison, il s'aperçut qu'il n'avait jamais examiné cette entrée où il n'était jamais resté longtemps, la porte menant au salon étant d'habitude toujours ouverte. Lui et Michel se regardèrent, ayant une impression bizarre, quelque chose de malsain et angoissant à la fois. Étienne, n'y tenant plus, rompit le silence le premier :

— J'ai l'impression que l'on dérange ... on dirait un temple, un lieu sacré voué au silence, nous sommes des profanateurs ... »

Le lieutenant étouffa un ricanement, lui n'était pas sensible à l'impression dégagée par les lieux. Il devait se dire que son supérieur avait de drôles d'idées, à faire venir des amateurs, cet assureur devait avoir peur des fantômes. Michel le regarda en fronçant le sourcil, le jeune homme se détourna en regardant ailleurs. Il commençait à se dire que cette baraque était vraiment sinistre, il y avait de quoi croire aux fantômes, à vivre seul là-dedans !

Michel attira l'attention d'Étienne sur le parquet : il était gondolé et vermoulu, commençait à se recouvrir de mousse et de champignons, comme si la Loire et la Maine réunies avaient décidé de venir se rendre visite à Angers, en s'infiltrant dans la ville. Étienne opina : il était entré ici il n'y avait pas très longtemps, et il avait le souvenir d'un parquet impeccablement ciré par l'employée qui se retenait de ne pas imposer de se servir de patins à tous les visiteurs. Cela ne pouvait pas s'être produit en un mois ... même deux, il ne se souvenait plus exactement quand il était venu.

Les trois hommes descendirent dans la cave par un étroit escalier de pierre sans doute antérieur à la construction de la maison. Le caveau était froid et humide, l'endroit était sombre, ruisselant d'humidité, mal éclairé par les torches électriques de Michel et de son adjoint. Ce dernier braqua le faisceau de lumière jaunâtre sur le sol de terre battue qui, en cet endroit, semblait avoir été sauvagement labouré puis recouvert d'une mince pellicule d'eau boueuse.

— Curieux, tu ne trouves pas ? demanda Michel.

— Effectivement. On dirait que le sol a été soulevé, comme par un séisme. Mais nous ne sommes pas en Californie ... Qu'y a-t-il là-dessous ? Une rivière souterraine ?

Ce fut le lieutenant qui répondit d'une voix neutre, comme s'il récitait un rapport :

- D'après les plans de la préfecture, il n'y a rien là-dessous. Mais il ne faut pas oublier que les origines de ce vieux quartier doivent remonter au-delà des invasions romaines. Si on creusait, peut-être trouverait-on, sous d'épaisses strates, des thermes ...

Michel l'interrompit brutalement.

— Silence, lieutenant ! N'entendez-vous rien ? »

Pierre et Étienne tendirent l'oreille. Effectivement, il leur sembla que quelque chose bougeait, frôlait la surface, cherchait à se manifester. Ce n'était pas un bruit identifiable, certainement pas l'écroulement d'un vieux mur, pas même un rat. Étienne éprouva la sensation confuse d'une présence lointaine et toutefois étrangement vivante, qui parut se rapprocher d'eux, caractérisée par de grotesques et surréalistes sons assourdis pareils à ceux de grosses gouttes graisseuses frappant l'émail d'un évier.

Ce phénomène fut très bref, et s'arrêta d'un coup, laissant a place aux vibrations graves engendrées par la circulation sur les berges proches. Ils se regardèrent, n'osant parler de peur de ne pas être à même de percevoir le moindre retour de ce bruit. Il s'écoula quelques minutes avant qu'Étienne ne se risque à briser le silence. Il s'adressa à Michel, lui demandant comment il interprétait ce qui venait de survenir.

Michel réfléchissait et mit quelques instants à répondre.

— Je crois que le lieutenant a raison, il y a sûrement de l'eau sous cette cave. Mais à quelle profondeur ? D'où vient-elle, et où va-t-elle s'écouler ? Dans la Maine ? Ou est-ce une espèce de petit lac souterrain ? En tout cas, c'est profond.

— Mais comment expliquer que cette eau ait envahi la cave ?

Michel regarda longuement son adjoint.

— Si je le savais ... Bon, chaque chose en son temps, jeune homme. Retournons demander une équipe de spécialistes pour entreprendre un forage le plus tôt possible. Je veux en avoir le cœur net.

Tous trois remontèrent l'escalier abrupt, et Étienne se sentit soulagé de sortir de cet antre à l'oppressante atmosphère. Un sentiment fait de curiosité et d'excitation trouble s'insinua en lui alors qu'ils traversaient le vestibule : il avait conscience d'être réellement en contact avec cet autre côté de la vie dont il se servait si fréquemment dans ses romans, pour faire jouer chez ses lecteurs les ressorts toujours malaisément maniables de la terreur.

Avant de sortir de la maison, les deux policiers firent le tour pour en vérifier tous les robinets. Tous, comme de bien entendu, étaient verrouillés, et la femme de ménage avait pris soin de fermer le robinet général.

La radio de la voiture crépitait lorsqu'ils sortirent. Pierre se précipita. Le message fut court, car il ressortit rapidement tandis que les deux amis regardaient cette demeure décidément sinistre avec ses volets clos, son crépi laissant par endroits deviner la pierre, ses gouttières aux longues larmes de rouille. Une maison mourante.

— Patron, on a retrouvé notre bonhomme !

Michel se tourna vivement.

— Vivant ?

— Que non ! On n'a récupéré qu'un corps en bouillie, comme broyé sous un rouleau compresseur. Le haut du corps et la tête étaient à peu près intacts, ce qui a permis de l'identifier. C'est un pêcheur qui l'a retrouvé.

— Un pêcheur ? Dans la Maine ?

— Non. Un thonier de Pornichet. »

Un silence stupéfait s'établit, que nul n'osa rompre jusqu'au retour à l'hôtel de police. Là, ils s'enquirent des détails, que tout le monde jugea incroyables : le début de l'enquête menée en pays nantais avait fait ressortir que le corps avait été comme lardé, broyé, disséqué, et avait séjourné trois jours dans l'eau – ce qui correspondant à la disparition de feu Maître H*** –, mais que, selon toute vraisemblance, il n'était immergé dans l'eau de mer que depuis moins de vingt-quatre heures. Et enfin, les premières constatations permettaient de certifier que l'origine du décès était bien la noyade.

— C'est complètement fou ! » Commenta Pierre avant de s'asseoir à son bureau pour rédiger le rapport.

Très troublé, Michel entraîna Étienne dans un café tout proche. L'air, dehors, était sec et frais. Les deux hommes marchèrent silencieusement avant d'atteindre le bar. Étienne, complètement prostré, commanda un alcool fort tandis que Michel tambourinait des doigts sur la table, grommelant dans sa barbe quelques mots inaudibles. Étienne avala son cognac, respira un bon coup et chercha quelque chose à dire. Au bout d'un moment, Michel tapa du poing sur la table, s'attirant un regard courroucé du garçon.

— Bon Dieu ! Un type se noie dans sa cave, en plus c'est un notable, on le retrouve à près de cent cinquante kilomètres d'ici, et on voudrait que je dirige une enquête ! Je vais être la risée de mes subordonnés et de la presse ... »

Il se tut subitement, fixant Étienne qui restait immobile et silencieux, sentant l'énervement de son ami. Il écarta les mains en un geste d'impuissance, et Étienne parvint à retrouver la parole pour lui suggérer qu'il fallait le plus vite possible savoir ce qu'il pouvait y avoir sous la cave. Retrouvant son calme, Michel répondit qu'il aurait les hommes et le matériel le lendemain.

— Tu es des nôtres ? Toi qui as fait un peu de spéléologie ...

— Si cela ne te pose pas de problème ...

— Tu connais la maison, et c'est moi qui décide. Ce n'est pas une enquête ordinaire, il y a un côté fantasmagorique là-dedans, on dirait un canular macabre, un montage ... On ne pourra avoir un début de piste qu'en étant sûr de ce qu'il y a sous la maison, ça, c'est évident. J'ai demandé une équipe d'experts, mais, s'il y a des signes cabalistiques, des objets bizarres, que sais-je ... tu es plus à même de comprendre leurs significations. Et, comme tu as fait de la spéléologie, je sais que tu n'es pas claustrophobe et que tu sais évoluer sous terre.

Étienne n'hésita pas.

— Je suis d'accord. Quand ?

— Demain, je pense. Je te téléphone pour te confirmer l'heure. Je vais d'abord leur demander de sonder la cave. S'ils ne trouvent rien, on en restera là. Mais ça m'étonnerait. S'il y a un puits, une galerie, tu auras peut-être une suggestion ».

Michel se leva en dépliant son corps d'athlète. Étienne se dit que c'était bien la première fois qu'il le voyait à ce point désemparé. Sa force physique, son expérience d'enquêteur ne lui apportaient rien dans cette affaire. Et cette histoire de cadavre baladeur ... L'assureur se souvint qu'il avait promis de rappeler sa cousine, Julie, avec qui il devait déjeuner. Il avait largement le temps de se rendre à ce rendez-vous. En plus, sa qualité d'historienne médiéviste lui permettra peut-être de lui apporter quelque éclaircissement dans cette affaire.

V. JULIE.

Étienne retrouva Julie devant la porte du restaurant. C'était, à n'en point douter, une très jolie personne dont la compagnie valorisait celui qui l'accompagnait. De taille moyenne, avec un corps parfait, elle se signalait essentiellement pas un visage aussi original qu'agréable où ressortaient des yeux couleur de mer, lumineux et expressifs, surmontés de sourcils bruns. Le nez était parfaitement galbé, la bouche s'ornait de fossettes, le teint était parsemé de quelques taches de rousseur qui lui donnaient un air amusant. Le plus remarquable de cette figure était une toison de longs cheveux châtain foncé, où le soleil ajoutait des reflets fauves, qui formaient une masse à la fois compacte et voltigeant, retenue seulement sur le haut de la tête par deux peignes dorés.

Étienne ne savait de la vie de Julie que ce qu'elle voulait bien en laisser voir : professeur d'histoire médiévale à la faculté, participant à des travaux de recherches archéologiques, elle habitait en colocation avec une collègue bibliothécaire, une jeune femme presque aussi jolie qu'elle. Dans la propriété familiale, elle venait toujours seule, montait à cheval et veillait avec la tante Herminie à l'entretien de la maison qui, classée résidence historique, ne devait être réparée que par des artisans agréés par les Monuments Historiques. Des cousins ou des tantes avaient bien essayé de lui demander si elle comptait leur présenter bientôt un mari, au moins un compagnon, elle s'en était toujours sortie avec une pirouette ou en changeant de conversation. Le temps avait passé, elle avait pris de l'âge, et, à l'aube de la quarantaine, plus personne ne lui demandait quoi que ce soit à ce sujet.

Julie embrassa Étienne comme un père ou un oncle, elle l'appelait toujours « tonton » en plaisantant, ce qui n'avait rien d'anormal, il avait vingt ans de plus qu'elle. Ils s'installèrent et, fidèles à la tradition, choisirent le menu. Mais la pizzeria n'était pas un relais gastronomique et ils commencèrent à discuter de leurs vies respectives. Julie paraissait contente en la compagnie d'Étienne, sa conversation était volubile tout en restant discrète et l'assureur se sentit ragaillardi, trouvant assez d'énergie pour lui conter les événements qu'il venait de vivre.

— C'est étrange ... Fit-elle une fois le récit achevé. Elle reprit :

— Il se trouve que je viens de consulter à la bibliothèque un vieux livre traitant des légendes locales. Et il me semble que j'ai entr'aperçu un ancien texte dont une partie raconte une histoire de fontaine communiquant avec l'océan. Il s'agit d'un écrit rédigé en ancien français, avec un commentaire qui l'accompagne, qui me semble plus proche de nous.

— Quelle coïncidence ! Mais pourrais-tu me le faire parvenir ?

Au point où la police en était, c'est-à-dire nulle part, Étienne se dit que cela ne coûterait rien de faire appel aux légendes locales. Après tout, expliquer un événement irrationnel par l'irrationnel ...

— Tu peux me faire ça assez vite ?

— Cet après-midi même. Mon cours d'histoire à la fac a été annulé.

— Encore une grève ?

— Non, une panne d'électricité. Pas d'affolement, rien à voir avec le surnaturel, un étudiant n'a pas voulu attendre l'appariteur et a branché un projecteur dans une prise défectueuse, le matériel cramé, court-circuit, tu vois le tableau. Et bien sûr à une heure où il n'y a pas d'autre salle de libre. J'ai convoqué les étudiants pour ce soir dans la bibliothèque, Christine veut bien rester après l'heure de la fermeture. Je copie le texte et je te l'envoie. Tu n'as pas changé d'adresse mail ?

— Non, toujours la même. Je te remercie, ton histoire m'intéresse.

— Et si elle n'a rien à voir avec cette affaire, elle pourra toujours te servir pour un de tes romans. Si cela se trouve, l'explication est simple.

— Peut-être. Mais on ne la voit pas, peut-être est-elle sous notre nez. Si quelqu'un a tué cet homme – en plus, pourquoi ? – en le noyant dans sa baignoire et a voulu faire disparaître le corps en le jetant à la mer, que veut dire ce saccage dans la cave ? Et pourquoi le parquet de l'entrée a-t-il brusquement vieilli de plusieurs années en pourrissant ainsi ?

— Peut-être pour donner le change, pour justement vous aiguiller sur une fausse piste.

— C'est beaucoup de mise en scène, tu ne trouves pas ? Mais dis donc, toi qui te promènes entre histoire médiévale, croyances anciennes et légendes locales, tu me parais bien pragmatique, non ?

— Je vis à notre époque, et j'en étudie une autre. Être médiéviste ne signifie pas se transformer en sorcière ou en Jeanne d'Arc. J'use de moyens actuels pour mes recherches, et beaucoup de phénomènes naturels qui terrifiaient nos ancêtres ont trouvé une explication scientifique de nos jours.

— Jeanne d'Arc ... ça te va bien pourtant, je t'imagine avec une armure et un étendard, sur ton destrier ... la pucelle d'Angers ...

— Arrête immédiatement, ou tu n'auras pas le texte.

— Pardon. Je n'avais pas l'intention d'en dire plus.

— J'espère bien. Tu vas au domaine prochainement ?

— Peut-être ce week-end, ou le suivant. On se verra ?

— Je pense, cela me fait toujours plaisir de voir la maison de mon Tonton ... »

Ils terminèrent de déjeuner dans la bonne humeur, s'amusant de tout et de rien. La mystérieuse et horrifique histoire à laquelle Étienne se trouvait mêlé lui parut provenir d'une autre dimension, d'un autre espace, et il se dirigea vers son bureau pour expédier quelques affaires courantes. En fin d'après-midi, il vit arriver un mail de Julie et marqua un temps d'arrêt avant de l'imprimer. Il se sentit de nouveau immergé, la tête monstrueusement maintenue dans l'incompréhensible. La teneur de ce qu'il lut lui parut tout à fait démentielle ; néanmoins, ce qui s'était passé l'incitait à ne pas railler l'anonyme du quatorzième siècle qui avait écrit ce que Julie avait transcrit :

> «... *Outre plus, en la mesme nuict sur les unze heures se sont aperçeus plusieurs flambeaux de feu sur la ville d'Angers qui ressembloient à des grands chevrons rouges comme sang. Peu de tems après il s'apparut une femme aussi fort horrible et espouvantable à voir comme tenant une verge dans sa main dextre estant toute rouge comme flamme de feu et en l'autre main estoit aussi, tout flambant et comme on a veu une infinité d'autres non moins espouvantables. Arriva une si grande tempeste qu'elle découvrit la plupar des maisons de ladicte ville. Davantage, la mesme sepmaine, la fontaine appelée la fontaine Godeline*

s'enfla tellement et en si grande abondance que ceux d'Angers pensoient tous estre suffoquez par l'impétuosité merveilleuse de ladicte fontaine qui couroit par les rues, et dict-on alors que c'étoit un ungle de mer comme se peut prouvert par l'histoire qui s'ensuict : au commencement de ceste présente année, il advint qu'un petit enfant de l'âge de huict ans ou environ s'en alla à ladicte fontaine avec un pot d'étain en sa main et ainsi comme il voulut puiser de l'eau, le pauvre enfant tomba dedans sans qu'il y eust aucun moïen de le pouvoir repescher. Or, huict jours après, quelques-uns estans sur la grande mer, ne pensant plus à rien et estant deux lieues par delà Nantes, trouva le corps du pauvre petit enfant, comme broyé par quelque animal immonde. »

Étienne se souvint alors avoir lu ce texte, ou un autre de la même teneur, mais retranscrit en français moderne. La Fontaine Godeline, cela lui disait quelque chose. Il appela Julie qui lui demanda ce qu'il pensait de ce texte.

— Je crois, répondit-il, que son auteur a trop regardé les tapisseries de l'Apocalypse[2].

— Ne crois pas cela. J'ai un peu creusé la question, car, moi aussi, ce texte m'a intriguée. J'ai donc pu découvrir l'ancien emplacement de cette fontaine Godeline : à l'extrémité de la rue Plantagenêt.

— Donc, probablement sous la maison du notaire ...

— Sans nul doute. Cette maison est bien bâtie sur la fontaine. Et il y a plus curieux encore : l'anonyme qui écrivit le commentaire de ce texte, sans doute au seizième siècle d'après la grammaire employée, fait allusion à une légende plus ancienne encore, de tradition selon lui orale, qui raconterait qu'à une époque très reculée, des créatures – il ne précise pas quoi ni qui – se servaient de ce genre de conduit pour venir de l'océan assujettir les premiers humains. Il faut

---

[2] La tapisserie de l'Apocalypse est une œuvre du XIVe commandée par le Duc Louis 1er d'Anjou au maître lissier Nicolas Bataille, exécutée d'après des cartons de Jean de Bruges. Longue de 140 mètres et haute de 6 mètres, elle couvre 850 m^2 et est actuellement exposée au château d'Angers. Elle représente une succession de scènes tirées de l'Apocalypse de Saint Jean.

préciser aussi que ce genre de conte se retrouve dans les histoires de l'ancienne Armorique. Ce serait là l'origine de ces fameux « trous de l'enfer » que l'on trouve même chez nous.

— Les trous de l'enfer, je connais, il y en a un à l'île de Groix, ce sont des cavernes creusées dans les falaises dans lesquelles la mer s'engouffre et qui sont très dangereuses pour la navigation par gros temps. Il y a eu un trou énorme découvert en Russie, ou au Turkménistan ... dans des régions peu explorées à cause de leur climat. Mais cela n'a rien de magique ou de maléfique.

— Je t'ai dit que nos ancêtres, n'ayant pas les moyens techniques de notre époque pour expliquer certains phénomènes, les décrivaient sous forme de légende. Au moins pour ôter l'envie à un quelconque aventurier d'explorer ces endroits dangereux.

— Oui, mais enfin, Julie, ce sont des légendes, et les descriptions manquent de précision, en plus on a pu grossir le phénomène ! Par quel sortilège un boyau souterrain relierait-il Angers à l'océan ? De plus, cela n'explique pas le meurtre de Maître H. »

Étienne eut un geste du bras pour reléguer ces fantasmagories au niveau de poussiéreuses et imbéciles superstitions paysannes. Julie avait beau ne pas avoir vu son geste, elle devina l'incrédulité de son cousin et reprit très vivement au bout de quelques secondes :

— Sais-tu que l'on a démontré que la vie est apparue sur terre il y a près de deux milliards d'années ? Quelle était cette vie ? Ne crois-tu pas que ces anciennes légendes qui imprègnent la mémoire inconsciente de l'homme peuvent parfaitement être assises sur des faits certes préhistoriques, mais ayant une base réelle ? Toi qui vends du roman fantastique, pourquoi ne pas tenter d'admettre autre chose que du rationnel ? »

Étienne se retint de répondre vivement à Julie que, d'ordinaire, elle avait plutôt tendance à le mettre en garde contre les dérives sataniques ou tout simplement superstitieuses. Sa tirade sentait l'universitaire, qui prêche une théorie et son contraire pour parvenir à établir une explication satisfaisante. Julie continua sur un ton plus calme :

— Regarde les choses en face, mon cher cousin : ce qu'a écrit cet anonyme du quatorzième siècle n'est pas, dans le temps, si éloigné de nous. Cet homme était sûrement un chrétien, donc quelqu'un qui est débarrassé des superstitions païennes. Pourquoi ne pas le croire ? Imagine que, demain, en forant, vous trouviez une rivière d'eau de mer ? Vous ne savez pas tout, vous les scientifiques, il reste encore beaucoup de choses à découvrir.»

Étienne se sentit soudain très las. Tout allait trop vite, et ses pensées devenaient désordonnées, comme charriées au gré d'un vent moqueur, ou plutôt emportées par un courant d'eaux souterraines. Le texte l'avait troublé plus qu'il n'avait voulu l'avouer à Julie, et des souvenirs pas si anciens remontaient dans sa mémoire ... l'eau, un souterrain ... il avait lu un texte semblable, effectivement.

Julie prit congé assez froidement, comme si le scepticisme bien compréhensible de son cousin l'avait inexplicablement blessée. Rentré chez lui, Étienne relut le texte démentiel. Non, vraiment, on ne pouvait accorder foi à de telles élucubrations. Plus simplement, la nappe phréatique de l'ancienne fontaine devait avoir remonté à la suite de l'automne pluvieux qu'ils subissaient actuellement. Toutefois, la fin du texte, parlant du corps broyé de l'enfant, lui fit songer à l'état du corps du notaire quand on l'avait retrouvé. Là, il ne pouvait nier qu'il y ait concordance ... mais peut-être une simple coïncidence ?

Michel téléphona pour prévenir son ami que les opérations de forage allaient commencer le surlendemain matin. Étienne lui lut le texte, il y accorda une raisonnable attention. Il fut d'accord sur le fait qu'il y avait des coïncidences troublantes, s'il y avait bien une fontaine sous la cave, mais quant à l'histoire de l'enfant, ce ne pouvait d'après lui être qu'une coïncidence fortuite. Cela rassura Étienne qui vit que son ami ne perdait pas ses habitudes d'enquêteur et il souhaita que l'on puisse trouver une explication rationnelle. Vivement après-demain, que l'on puisse explorer ce sous-sol.

Tous ces embrouillaminis qui se chevauchaient dans son esprit l'empêchèrent de trouver le sommeil et il dut recourir à un somnifère pour parvenir à se reposer quelques heures.

VI. UNE JOURNÉE ORDINAIRE.

Le lendemain, Étienne décida qu'il devait revenir à la réalité simple, matérielle, brute. Après tout, il n'était pas encore à la retraite et son cabinet d'assurances le réclamait. Son associé lui montra quelques dossiers qui méritaient un examen approfondi, et ce travail l'occupa jusqu'à midi. Les deux hommes discutèrent de la procédure, puis l'associé sortit déjeuner. Étienne respira, soulagé et de bonne humeur : les affaires étaient résolues, il avait pu se vider l'esprit des fantômes et autres fontaines souterraines, il préférait rester au vingt-et unième siècle. Il devrait peut-être changer de style littéraire, après tout, peut-être se suggestionnait-il un peu trop avec ses histoires ... à faire frissonner les autres, on peut parvenir à se faire peur à soi-même, peut-être ...

Il n'avait pas faim, il actionna la machine à café, ajouta un peu de rhum et sentit avec plaisir le liquide fort et brûlant glisser en lui, comme pour le réveiller s'il en était besoin. Il n'y avait pas d'autres dossiers urgents, mais peut-être devrait-il faire un peu de rangement, tiens, le meuble du fond, peut-être tout n'est-il pas bien classé ...

Il s'accroupit et ouvrir le tiroir du bas. Effectivement, le meuble recélait quelques papiers qui auraient dû être rangés ailleurs, à moins que ce ne soit des doubles, plus un vieil agenda, deux de ses livres, et une enveloppe avec une photo ... d'Hélène, sur la plage de La Baule, il y avait ... quelques années. Comment cette photo avait-elle pu atterrir là ? Sans doute avait-il enfoui les vieux souvenirs au fond des tiroirs, un peu au hasard. Bon, je ne vais pas faire une dépression pour ça, à la limite, il vaut mieux que je la retrouve moi-même, sinon, si un jour que Michel est là, je sors des papiers et qu'il tombe dessus ... Oh, et puis, il s'est consolé depuis. Avec son footballeur. Il n'arrivait pas à se faire à cette idée, que son ami ait pu dissimuler un pan de sa vie aussi longtemps. Mais oui, mais lui-même ne posait jamais de questions, ne s'intéressait pas à la vie privée des gens ... Oui, c'est vrai, sa tante Herminie, qui habitait le manoir familial, elle était restée célibataire, mais elle n'était pas bégueule, elle avait même le verbe haut des personnes de la noblesse campagnarde. Avait-elle eu une vie ? Certainement, mais ... bon, de quoi est-ce que je me mêle à présent. Il rangea la photo au fond du tiroir, posa des papiers sur le bureau de son collègue.

Son esprit se mit à vagabonder et il pensa au notaire, son ancien professeur, qui gisait maintenant comme un mannequin démantibulé sur une table de l'institut médico-légal. Cela lui parut presque indécent, ce monsieur ... il se souvint que le professeur l'avait autrefois recalé à un examen, lui avait déconseillé la carrière d'avocat parce qu'il ne s'exprimait pas assez bien oralement, l'avait dirigé vers le droit des affaires, l'immobilier, et avait exprimé sa satisfaction quand son ancien élève lui avait dit être devenu courtier en assurances. Depuis, il était resté son client. Mais Étienne avait toujours une impression bizarre à chaque fois qu'il le rencontrait, impression qui n'avait pu qu'augmenter quand le notaire lui avait fait part de ses inquiétudes. Devenait-il gâteux ? Depuis qu'il était à la retraite, cet homme auparavant toujours tiré à quatre épingles s'habillait plus simplement, portait des vêtements de sport, ne mettait plus de cravate qu'aux grandes occasions ... Cela agaçait son ancien élève qui n'aimait pas que les choses changent, que les gens perdent l'image qu'il s'en était faite.

Il s'assit devant son ordinateur, ouvrit sa page Facebook. De nouveaux ouvrages étaient parus, un lecteur avait apprécié l'un des siens, mais un autre ... « *J'espère que vous n'essayez pas les recettes que vous décrivez sur votre entourage ...* » Qu'est-ce que c'était que cet imbécile ? Oui, il avait parlé de philtres, de poisons, d'invocations de démons, et alors, c'était un style littéraire. Qui était ce c... Ah, non, c'est une femme. Il alla sur sa page et sursauta : la personne, une minette dans les vingt-cinq ans, était en photo avec son mari, ou son copain, qui n'était autre que le jeune inspecteur, Pierre S. Il l'avait de suite trouvé antipathique, celui-là ! Et, apparemment, Michel aussi, qui lui parlait sur un ton froidement professionnel. Dois-je répondre ? Non, il vaut mieux pas, ces gens doivent avoir le quotient intellectuel du flic de base, dans les 22 ... La plaisanterie ne le fit même pas rire. Il n'était pas gêné quand des lecteurs disaient n'avoir pas accroché à la lecture d'un de ses ouvrages, admettant que chacun a ses goûts, quand la critique était correctement formulée, mais cette réflexion était vraiment stupide. Encore des lecteurs de romans de gare ! Si toutefois ils savent lire ...

Étienne revoyait le visage d'Hélène, sur la plage ... elle disparaissait dans la mer, une autre figure de femme la remplaçait ... disparaissait aussi. Et il devina plus qu'il ne vit une figure étrange, un géant qui grimaçait, secouant un énorme chaudron qui fumait. Il marchait sur la rive d'un fleuve, provoquant des tourbillons d'eau et de sable qui engloutissait tout ce qui passait près de lui, il allait glisser, être englouti dans ces courants meurtriers.

Il s'aperçut qu'il s'était endormi sur son fauteuil lorsqu'il fut réveillé par la voix de son associé discutant avec un client. Non, on n'avait pu le voir, il était dissimulé par un pan de mur. Pfft ! On fait de ces rêves, en mélangeant le vécu avec l'imaginaire, les légendes … L'ordinateur était à présent en veille, il agita la souris et la page Facebook réapparut. Désireux d'en sortir, il cliqua au hasard et tomba sur celle de Michel. Le commissaire ne s'affichait pas vraiment : des résultats sportifs, le vainqueur de la transat, la championne de tennis gagnante à Roland-Garros, un beau paysage … Anodin, comme on devrait toujours faire sur ces réseaux … Ses amis … Étienne en faisait évidemment partie, et puis sa sœur, ses neveux, le directeur d'une salle de sport, un champion de tir … tiens, le footballeur. Voyons … La page de Tadek semblait une publicité pour la pratique du football, mais il émaillait ses posts sportifs de commentaires sur des livres qui lui avaient plu. Tiens ? C'est vrai, il aime lire. Sans doute cela lui a-t-il permis de bien apprendre le français. Balzac, Paul Vialar, le dernier

Goncourt, un récit de voyage ... et « *Les amitiés particulières* » de Peyrefitte. Évidemment, un Polonais, il a dû être élevé chez les curés ... Une histoire entre garçons sur fond de collège religieux, ce n'était pas vraiment la tasse de thé d'Étienne, c'est bien loin de Stephen King. Bon, il en faut pour tous les goûts, au moins, c'est de la bonne littérature. À côté du petit lieutenant ... on se demande comment il n'est pas resté à la circulation, celui-là !

Étienne revint sur sa propre page, répondit aimablement à un lecteur, mit un commentaire sur un autre livre qu'il venait d'achever. Puis il se déconnecta soigneusement avant de se lever pour aller voir son associé. Celui-ci lui parla du nouveau client, un commerçant récemment installé dans la région. Puis il montra à Étienne le journal local du jour : la photo du notaire figurait à la une, « disparition d'un notaire angevin ». Étienne se saisit du journal, lut l'article : on signalait que Maître H*** venait d'être découvert noyé près de Pornichet. Bon, rien sur la maison, ni sur les incidents qui s'y étaient passés. «L'enquête a été confiée au commissaire V***.» Et point final. Michel avait dû être obligé de renseigner les journalistes, il risquait d'y avoir quelques pots de colle au commissariat et aux alentours de la maison. Mais heureusement, il n'avait pas donné de détails sur les investigations futures. On voyait d'ici les titres de ces pisse-copies : « enquête chez les fantômes », « magie noire » ou « le ruisseau de l'enfer ». Même si cela pouvait lui faire de la publicité pour ses livres, Étienne se voyait mal recevoir un journaliste pour donner son opinion sur une maison soi-disant hantée.

L'appellation « ruisseau de l'enfer » éveilla en lui un souvenir ... oui, il avait lu quelque chose d'approchant ... Il y avait une légende dont il s'était servi dans un de ses romans ... Mais il avait changé tous les noms et les lieux, il avait remanié la légende. Eh, le rêve qu'il venait d'avoir ! D'habitude, on les oublie, mais là, cela correspondait à quelque chose qu'il avait lu. Mais oui, la Fontaine Godeline ... c'est ça, une légende celtique, une tradition druidique ... Il faut que je voie.

Rentré chez lui, il reçut un coup de téléphone de Julie, qui lui apprit qu'elle venait d'acheter un cheval qu'elle avait envoyé au manoir. Étienne fut surpris de la coïncidence : il s'agissait du cheval gris qui avait été déclassé sur réclamation le lundi. Julie connaissait le propriétaire, et était au courant de sa décision de vendre son cheval si sa dernière course ne se passait pas bien. C'était donc elle qui était allée le monter la semaine précédente, et s'était très bien entendue avec lui, le jugeant assez solide pour faire un bon cheval de randonnée, pouvant même participer à des épreuves d'endurance[3]. Aussi le propriétaire, qui avait pris sa décision, n'avait-il pas hésité à la contacter après la course, et le lui avait laissé pour un prix intéressant. Étienne trouva que c'était un amusant retournement de situation, mais il recommanda à sa cousine d'être prudente sur un cheval qui semblait un peu caractériel. Julie lui rit au nez, ce n'était pas le premier canasson mal dressé qu'elle remettait dans le droit chemin. Et il lui avait tapé dans l'œil, c'est vrai qu'il était d'un beau modèle, elle aimait les chevaux grands de taille, et les robes grises. Étienne lui demanda le nom de ce cheval, il l'avait oublié :

— Abaddon. Je ne sais pas d'où cela sort, ce doit être biblique.

— Je te renvoie à l'Apocalypse de Saint Jean : c'est le nom de l'ange de l'abime[4]. Fais

---

[3] L'endurance est une discipline équestre officielle consistant en une course sur longue distance (de 10 km à 160 km), à allure libre. Au cours de l'épreuve, des contrôles vétérinaires sont effectués, le cheval devant terminer l'épreuve en bon état physique.

[4] La Bible, traduction Louis Segond 1910, Apocalypse de Saint Jean, chapitre 9 verset 11 : *« (Ces sauterelles)(…)*

gaffe, il a un nom prédestiné. Tu veux te retrouver en squelette, « la mort sur un cheval pâle [5]» ?

— Oh, ça va ! Bon, je vais le rebaptiser « Ali-Baba », ce sera plus sympa.

— Bon, je sais, tu n'es pas née au quatorzième siècle, et tu te sers d'un ordinateur pour analyser des textes anciens, et tu les envoies par mail.

— Si tu veux, je t'envoie par mail un rituel d'envoûtement.

— Aucune importance, j'ai l'antidote, tu m'as envoyé un rituel d'exorcisme pour un de mes livres. Tu vois, je retiens tes leçons.

— Ah, mon Tonton, comme je voudrais que mes étudiants soient aussi attentifs que toi ! Bon, je te laisse, l'heure de mon cours approche. Je retourne disserter sur la guerre de Cent Ans. »

Étienne se retint de lui resservir une plaisanterie usée sur Jeanne d'Arc, pour ne pas la fâcher. Ils se quittèrent sur une note de gaieté, se promettant de se revoir au domaine.

---

avaient sur elles comme roi l'ange de l'abîme, nommé en hébreu Abaddon, et en grec Apollyon ».

[5] *Id.,* chapitre 6 verset 8 : *«(...) parut un cheval d'une couleur pâle. Celui qui le montait se nommait la mort. »*

Il se souvint de ce qu'il voulait vérifier quelque chose. Il ouvrit un gros dossier où il avait rangé de la documentation pour ses romans. Il cherche. Oui, c'était ça ! La fontaine Godeline, la légende de Habis et du géant ... une figure de Gargantua[6] ... Eochaid ! Oui, le géant qui commandait aux eaux dangereuses de la Loire, qui copulait avec les filles de la fontaine. Allons bon ! La maison est donc bâtie sur cette fontaine qui a été profanée par les compagnons de Habis, le roi des Cunètes, et qui s'est vengée en les noyant. Le scoop ! Je me vois mal raconter ça à la police, ils vont délivrer un mandat d'amener contre un nommé Eochaid, qui vivait ... enfin, qui était censé vivre ... avant la fondation d'Angers. Et que l'on a empêché de copuler. Une enquête historique, avec Julie appelée comme experte, sans doute ? Il ne manquerait plus que cela. Oh, flûte ! Il y a aussi que ...»

Il se souvint d'une aventure qu'il avait eue avec une collègue juriste, qu'il avait rencontrée chez André H***. Ils avaient fait leur petite affaire dans un bureau qui servait

---

[6] Le personnage de Gargantua n'est pas uniquement une création de Rabelais, ce personnage – un géant jamais rassasié, mais qui nourrit les autres avec ce qu'il transporte dans son chaudron – se trouve dans plusieurs légendes locales du moyen-âge, sous des noms différents, dont celui d'Eochaid dans la tradition celtique.

autrefois à la secrétaire du notaire, situé juste à côté de l'entrée de la cave.

Voilà autre chose ! Bon, mais c'était il y a longtemps. Et il avait revu la dame, ils s'étaient fréquentés quelque temps. Mais la dame étant mariée, et Étienne célibataire endurci, ils se rencontraient brièvement, entre deux portes le plus souvent, n'ayant même pas passé un week-end ensemble. Ouh la la, j'ai profané le lieu ! Mais Maître H*** aussi, il a été marié, il a eu des enfants, les choses devaient se passer là, et la maison ne s'est pas écroulée, n'a pas été inondée pour autant ! Il a fallu que j'arrive avec une dame pour qu'Eochaid se fâche ? Et encore, il a mis quelques années avant de réagir !

Bon, soyons sérieux, ai-je autre chose ? Apparemment non. Bon, Julie, je vais te déranger.

Il rappela sa cousine, à qui il livra le fruit de ses investigations. Celle-ci assura connaître l'histoire, mais n'avait pas fait le rapprochement.

- Gargorix était le roi des Cunètes, il avait une fille qui a eu un enfant d'un homme de classe inférieure. Le roi a voulu les tuer tous les deux, elle a fui en Irlande où elle a élevé l'enfant qui est donc devenu adepte de la religion celtique. Habis est ensuite revenu sur le continent et Gargorix a reconnu sur les traits et le corps du jeune homme des marques particulières prouvant qu'il était bien son descendant, il l'a choisi pour héritier.

- Alors, c'est une légende qui finit bien ?

- Oui, en plus Habis est celui qui a appris aux gens du pays à cultiver la terre, à semer les céréales. Il a en plus prohibé l'esclavage.

- Bon, mais il a rencontré Eochaid ?

- Je ne me souviens plus des détails, mais il a découvert un endroit propice pour fonder une ville, non loin du sanctuaire où Eochaid copulait. Plusieurs de ses compagnons ont profané ce lieu sacré, et ils ont été noyés par la source qui jaillissait de cet endroit et qui grossissait quand il y avait un orage.

- Apparemment, un phénomène naturel ?

- Sûrement. Mais la coïncidence est curieuse, tout de même.

- Bon, mais ce n'est tout de même pas la vie dissolue de Maître André H*** qui a réveillé la colère du géant !

- Tu recommences ! Les légendes ont à la base une explication logique, naturelle.

Attends donc que la police fasse ses investigations, tu sauras ce qui se passe. »

VII. LE TROU DE L'ENFER

Étienne s'éveilla tard le lendemain, s'habilla à la hâte, prenant soin de revêtir des vêtements solides et suffisamment chauds : ses souvenirs de spéléologie lui rappelaient que les grottes souterraines sont souvent assez froides. Il courut ensuite vers la rue Plantagenêt. La maison de feu Maître André H*** était gardée, mais il produisit une pièce d'identité et l'agent en faction le laissa pénétrer dans la maison. Auparavant, il avait remarqué qu'un camion du Génie Civil, ainsi qu'une ambulance, le tout entouré de policiers et de curieux, obstruaient la rue.

Il pénétra dans la cave, où il fut accueilli par le sourd ronflement d'un moteur. Les travaux avaient déjà commencé. Autour du trépan de forage, il eut d'abord du mal à distinguer les ouvriers qui s'affairaient. Peu à peu, ses yeux s'habituèrent au contraste entre l'obscurité et la lumière éblouissante des projecteurs et il se dirigea vers Michel, qui était en compagnie de son adjoint, Pierre, et d'un ingénieur des services techniques de la ville, Marc C***, qu'il connaissait vaguement.

— Bonjour, Commissaire. Où en êtes-vous ?

— Regarde, lui dit calmement Michel, tandis qu'Étienne saluait le lieutenant et l'ingénieur.

Une excavation s'élargissait à l'endroit où la terre battue avait été auparavant comme retournée. Des lumières presque phosphorescentes émanaient de ce puits. L'ingénieur s'approcha d'Étienne et lui expliqua qu'il n'avait pas été difficile de creuser, la terre étant très humide à cet endroit. Son interlocuteur lui demanda où ils avaient débouché.

— Dans une sorte de galerie. Mes gars sont en train de vérifier si elle ne risque pas de s'effondrer. Les roches sont friables, par ici.

— Pas de trace de rivière souterraine ?

— Non, pas pour l'instant. Mais cela ne m'étonnerait pas, vu l'humidité.

Un cri strident vrilla les oreilles de tout le monde, suivi de bruits d'objets métalliques s'entrechoquant. Les assistants restèrent figés, attendant que quelqu'un remonte. Le chef d'équipe sortit du trou.

— Le sol s'est effondré, là-dessous, un gars est tombé. Il faudrait descendre plus profondément. Le trou est sous le treuil. Je descends guider la corde.

Immédiatement, Marc actionna le treuil, le chef d'équipe fut avalé par l'excavation béante. Étienne eut l'impression que le déroulement du filin était éternel. Il interrogea l'ingénieur des yeux.

— Vingt-cinq mètres ... c'est positivement incroyable !

— Le pauvre gars ne doit pas être brillant, renchérit Pierre.

Deux coups brefs sur le filin annoncèrent à Marc qu'il pouvait faire remonter le chargement. Michel, qui revenait dans la cave avec deux infirmiers qu'il était allé chercher à l'ambulance, exprima ce que tous ressentaient :

— Dieu seul sait ce que nous allons trouver là-dedans ...

— Qu'espérez-vous véritablement y trouver ? questionna l'ingénieur. Michel se tourna vers Étienne :

— Explique-lui ces légendes. Notre ami est déjà au courant en ce qui concerne notre cadavre baladeur. »

Étienne résuma succinctement les contes rapportés par sa cousine, lorsque le treuil remonta un pantin disloqué aux os broyés. Le malheureux ouvrier avait dû tomber face contre terre, tellement son visage était méconnaissable, une sorte de bouillie rougeâtre d'où émergeaient quelques débris d'os blancs maculés de peau sanguinolente.

Alors que les infirmiers emportaient sur une civière les restes de ce qui avait été un homme, le chef de chantier remonta à son tour, tenant ce qui sembla d'abord être un bloc de pierre rongé par l'humidité.

— Il est tombé là-dessus », fit-il en déposant l'objet sur le sol. Le lieutenant braqua un projecteur sur ce qui s'avéra être une monstrueuse gargouille ayant la forme d'un visage composite, moitié femme, moitié démon, ressemblant aux funèbres représentations que l'on trouve parfois sur certains chapiteaux romans. Ce qui impressionna le plus Étienne fut la sorte d'aura cauchemardesque qui paraissait l'entourer, lui glaçant inexplicablement le cœur, le forçant à détourner son regard. Il n'était pas le seul, il vit que le chef d'équipe était au bord du malaise, s'éloignant et respirant un bon coup. Michel, d'une voix anormalement lointaine et nerveuse, ordonna à Pierre de mettre cette monstruosité dans un des coins sombres de la cave. Une formidable envie de fuir étreignit Étienne, qui fouilla dans sa poche et en sortit un flash contenant de l'alcool fort dont il avala une bonne lampée.

La voix redevenue normale de Michel le ramena sur terre.

— Il faut quand même descendre. Tu viens aussi ?

Étienne hésita, mais répondit que oui, presque malgré lui. Michel vérifia son arme, ce qui semblait bizarre, on ne combat pas les démons avec des armes à feu. Il tendit un casque à Étienne et se dirigea vers le trou. L'ingénieur l'arrêta.

— Commissaire, croyez-vous vraiment à ces histoires de puits communiquant avec la mer ?

— Vous voyez une autre explication ? »

Cette réponse surprit Étienne, que toutes ces inepties agaçaient. Mais il savait que Michel ne croirait pas à une telle hypothèse s'il n'avait pas trouvé des arguments convaincants pour l'étayer. Jusqu'à preuve du contraire.

— Mais tu crois vraiment qu'il y a quelque chose là-dessous ?

Michel grogna et eut un geste d'agacement.

— Assez de suppositions, le meilleur moyen de s'en assurer, c'est d'aller voir, non ? »

Le commissaire fut descendu le premier, suivi de son adjoint et de Marc. Lorsque le tour d'Étienne arriva, il sentit qu'une boule nauséeuse lui nouait la gorge. Il n'avait pas le vertige, n'avait pas peur du noir, n'était pas claustrophobe ... Non, c'était cet endroit. Le moteur diésel, que manœuvrait le chef de chantier, gémit. Étienne se harnacha et on lui remit une grosse torche électrique. Il baissa les yeux et vit sous lui d'insondables profondeurs. Le treuil s'ébranla, et il disparut bientôt dans le boyau obscur, plongé dans un silence hostile. Au bout de ce qui lui parut une éternité, il aperçut la lueur réconfortante des torches de ses compagnons, qui dansaient sur les murs comme de vains feux-follets.

Les pieds d'Étienne touchèrent enfin le sol gras. Michel lui donna une claque dans le dos, l'aida à se débarrasser du harnais. Une chape de froidure étreignit son corps pourtant bien couvert.

— Il fait frisquet, n'est-ce pas ? »

Étienne demanda à son ami d'où pouvait provenir ce froid. L'ingénieur répondit pour lui en déclarant qu'il l'ignorait. En tout cas, il y avait un courant d'air. Il promena le faisceau lumineux de sa torche autour de lui. L'endroit était une sorte de grotte de forme pyramidale dont les pans raides que le roc crevait par endroits en de noirâtres boursouflures désorientaient l'œil. Ces parois suintaient d'humidité ; toutefois, le plus curieux était qu'ils se tenaient sur une sorte d'embarcadère naturel. Longeant la paroi la plus éloignée d'eux, coulait une rivière souterraine aux eaux glauques qui se confondaient presque avec le sol, semblant n'avoir, ainsi que certains fleuves de contrées inexplorées, ni début ni fin, qui disparaissait dans une crevasse, encadrée de deux berges d'apparences poisseuses et qui appelaient indiciblement la terreur : elles paraissaient être œuvre humaine, elles étaient trop droites, trop lisses, affreusement construites par un esprit destructeur. Étienne pensa à ces antres enfouis dans le ventre de la terre où, murmurait-on, s'étaient pratiqués d'innommables cultes sataniques. Il avait très envie de remonter, de s'enfuir, de courir s'enfermer chez lui, mais déjà Michel interrogeait l'ingénieur.

— Où peut aller ce boyau, à votre avis ?

— Je me demande s'il n'y a pas une suite de cavernes reliées les unes aux autres par de telles rivières souterraines ; cela correspondrait à la géologie des sols.

Pierre, qui était allé inspecter les abords de la crevasse, revint vers eux.

— La berge est glissante, mais c'est praticable, fit-il en questionnant des yeux son supérieur.

— Bien. Tentons le coup, décida Michel en se dirigeant vers ce trou noir d'aspect irréel et vaguement menaçant. Les trois autres lui emboîtèrent lentement le pas.

Le jeune policier avait été quelque peu optimiste : la terre était terriblement humide, comme si elle avait été récemment submergée par l'eau. Tant bien que mal, l'ingénieur se baissa, examinant le sol.

— Je crains, sans pouvoir l'expliquer, que le débit de ce cours d'eau ne monte très rapidement.

— La marée ? suggéra Étienne.

— Nous sommes bien trop loin, voyons ! Je penserais plutôt que cette rivière est alimentée par des sources bien plus profondes, ce qui expliquerait que nous ne sommes jamais parvenus à la déceler : en effet, seules les pluies très abondantes de cet automne ont pu la hisser à ce niveau.

Michel eut un brin d'exaspération dans sa voix lorsqu'il demanda à Marc s'il était possible d'explorer la galerie. L'ingénieur lui fit remarquer qu'il pouvait y avoir du danger, mais il se défaussa en le laissant prendre seul la décision.

— Allons-y », dit le commissaire.

VIII. LE TEXTE D'ÉTIENNE D***.

« Nous étions descendus, Michel, l'ingénieur, le petit lieutenant et moi dans ce souterrain au sol gras et glissant. Michel, décidé comme toujours, avait décidé de continuer dans le boyau afin de savoir où il menait. L'ingénieur avait émis un avis dubitatif, mais il avait laissé le commissaire décider de la poursuite ou non de cette quête.

Nous nous mîmes en marche. J'eus un instant de crainte, pensant au vieil homme noyé dans sa cave dont la disparition avait provoqué toute cette affaire, mais je reportai rapidement mon attention sur mon équilibre rendu aléatoire par l'humidité. Pour rien au monde, je n'aurais voulu tomber dans ces eaux sans doute glaciales, qui me semblaient attendre une proie.

Le froid régnant dans le conduit ne facilitait nullement notre progression. Son origine inconnue m'était d'ailleurs beaucoup plus angoissante que la froidure elle-même.

Bientôt, la galerie commença à s'incurver en pente douce vers les profondeurs, ce qui rendit notre marche encore plus ardue ; s'il n'y avait eu quelques aspérités rocailleuses qui nous permirent de nous agripper, en nous déchirant les mains, nous eussions immanquablement glissé dans le cours d'eau.

Nous avancions en silence, comme si une vague crainte, semblable à celle ressentie dans une chapelle ardente, nous empêchait de communiquer entre nous. J'étais épuisé, mais mon ami progressait toujours.

À un endroit où la déclivité s'accentuait quelque peu, nous ralentîmes, mais la rivière faisait un léger coude, dégageant une berge plus élargie où nous pûmes nous tenir tous les quatre. Je remarquai que Marc frissonnait de froid, son visage paraissait même légèrement bleuir.

Je dirigeai le faisceau de ma torche sur l'eau, et ne pus retenir une exclamation qui attira l'attention de mes compagnons : en dépit de la pente, l'eau stagnait, nul courant ne venant désunir sa surface lisse. Michel interrogea l'ingénieur à ce sujet, il répondit qu'il ne comprenait pas, que ce phénomène était tout à fait anormal. Il s'agenouilla sur le rebord de la rive, releva sa manche et plongea son bras dans l'eau. Cette vérification confirma ce que nous voyions : même en profondeur, il n'y avait aucun courant, l'eau restait stagnante. Peut-être y avait-il un courant, mais il devait être très profond. Il agitait son bras pour en faire tomber des gouttes d'eau vaseuse, grasse, sales.

Pierre proposa de retourner en arrière, nous ne connaissions pas la longueur de cette crevasse et, si elle menait à l'océan, il y avait pas mal de kilomètres à faire. Michel haussa alors les épaules et déclara que les lampes que nous avions avaient assez d'autonomie pour creuser un deuxième tunnel sous la Manche, il voulait en avoir le cœur net, savoir où aboutissait cette galerie. Nous reprîmes notre progression, Michel en tête, je marchais derrière lui, derrière moi venait l'ingénieur et Pierre fermait la marche.

La déclivité se faisait assez prononcée. Heureusement, la rive était plus large, diminuant ainsi le risque de chute, et je m'aidais des aspérités, qui, quoique grasses, offraient assez de prise. Je songeai que je ne me débrouillais pas trop mal, entendant Marc, derrière moi, souffler et trébucher, lâchant de temps en temps en juron entre ses dents. »

« Ce fut alors que je pris conscience d'une présence nocive. Je sentis que quelque chose se tenait caché auprès de notre groupe, peut-être immergé au tréfonds de ces eaux nauséabondes. Ce sentiment, quoique très ténu, me parut atrocement réel dans sa fantomatique irréalité ; elle était si faible que je ne pouvais discerner si cette présence était hostile ou bienfaisante. Je me demandais si cette sensation était partagée par mes compagnons d'équipée. Mais nous n'osions pas nous parler, comme en montagne, quand on craint de déclencher une avalanche en criant.

Bien que ces pensées m'agitassent profondément, je ne fus pas sans remarquer que notre progression se facilitait : en effet, le souterrain s'élargissait de plus en plus, et si le lit de la rivière demeurait de semblable largeur, la berge devenait peu à peu plus spacieuse.

Nous débouchâmes bientôt dans une vaste salle dont les parois noirâtres semblaient absorber la subitement maigre lueur de nos torches. Pierre braqua la sienne sur la boussole qu'il portait autour de son cou. « Sud-ouest », annonça-t-il. La voix de Marc frappa mes oreilles par sa sonorité assourdie, comme s'il s'était éloigné de nous, alors que nous le voyions tout près. « Vers l'océan ... c'est normal ... nous nous approchons de la Loire ... nous devons être à plus de trois cent mètres de profondeur ... C'est ... »

Son élocution était faible, hachée, la fin de sa phrase se perdit dans un râle que nul mot ne saurait transcrire. Michel dirigea brusquement sa torche sur lui, lui demanda s'il se sentait mal. Il ne put achever sa phrase, tant le spectacle que nous découvrions nous remplit d'indicible terreur : le visage de l'ingénieur était devenu presque totalement bleu, m'apparaissant même légèrement phosphorescent. Mais cette image pouvait aussi bien être le fruit d'une imagination malmenée par les péripéties que nous traversions. Sa bouche ouverte sur sa gorge paraissait un fantastique gouffre béant et rougeâtre d'où émanait un cri qui n'avait rien d'humain, comme remontant implacablement du fond des âges, des âges cruels et terrifiants, une sorte de chuintement rauque auquel se mêlaient d'inexplicables borborygmes semblables à une inhumaine succion, comme si, inexorablement, le derme se décollait du palais.

Cet insupportable hurlement cessa brutalement, un peu comme si l'âme de notre compagnon était brutalement dépossédée ; sa bouche, dont les lèvres couleur de sang tranchaient sur l'incroyable couleur de ciel azuré de sa peau, se ferma sans un bruit, avec la lenteur pourtant ininterrompue de certaines images au ralenti, tandis que je sentais m'entourer une démoniaque entité de néant.

De la bouche maintenant close, mon regard monta vers les yeux de l'ingénieur, mais ces yeux aux prunelles violacées n'étaient pas les siens ; ce regard ne nous voyait plus, plongé en un monde innommable qui n'était point le nôtre, me paralysant progressivement comme si mon énergie vitale était peu à peu absorbée par l'être qui se tenait devant moi. Cet état, que je ne saurais précisément décrire, une sorte de faiblesse mêlée de terreur hypnotique, m'empêcha d'intervenir lorsque l'atrocité entra dans ma vie.

À reculons, sans même bouger ses jambes, comme si ses pieds patinaient sur le sol terreux, l'ingénieur commença à glisser, mû par une force cauchemardesque, vers la rivière aux eaux glauques.

En mobilisant toute ma volonté, je parvins à tourner la tête vers Michel et son adjoint : eux aussi étaient immobiles, spectateurs involontairement passifs. L'impression que je ressentis était faite d'angoissante impuissance ; mon esprit fonctionnait normalement, mais je ne pouvais physiquement me mouvoir. Rien que d'être parvenu à détourner mon visage m'avait couvert de sueur. Je sentais déferler sur moi une inexprimable vague de terreur où se mêlait la douleur de ne pouvoir agir sur ces choses, ces entités menaçantes.

L'ingénieur se tenait maintenant au bord des eaux sales. Un instant, il me sembla que la force qui cherchait à le noyer suspendait sa maléfique action, mais un bruit d'eau, étouffé, paraissant provenir de très loin, me fit comprendre que Marc venait de tomber à l'eau sans que je le voie réellement choir.

Aussitôt, nous retrouvâmes nos capacités physiques, nous nous précipitâmes vers la berge, mais ce que nous y vîmes dépassa peut-être en horreur les incroyables instants que nous venions de vivre : inexplicablement, un courant inconnu emmenait le corps de l'ingénieur vers un antre noirâtre où disparaissait la rivière.

Il y avait plus, si cela était encore possible : comme lorsqu'il avait glissé sur le sol, le corps semblait porté sur la surface liquide, immobile, sans doute déjà mort.

Terrorisés, incapables de prononcer un seul mot, nous braquâmes nos torches vers l'orifice où s'écoulait la rivière : là encore, une étroite berge était incompréhensiblement aménagée. Sous l'impulsion de Michel, nos cerveaux bloqués, nous nous y précipitâmes à la suite du cadavre, courant sur cette terre visqueuse, paniqués à la limite de l'entendement humain, au milieu de cette atmosphère de rêve délirant où nos esprits possédés semblaient avoir suspendu l'écoulement normal du temps. Il me serait impossible de dire combien de temps et sur quelle distance nous courûmes – à moins que l'on nous fît courir ? – au sein de ce boyau qui ressemblait à un crépuscule d'orage.

Nous pénétrâmes enfin dans une troisième salle, bien plus vaste que la précédente, aux dimensions cyclopéennes. Un air compact et pesant, une obscurité humide peuplaient cette grotte aux voûtes si hautes que la lumière de nos lampes n'en pouvait découvrir les arêtes. Au centre de cette caverne, nos yeux, accoutumés à ces ténèbres que nos torches trouaient en minces faisceaux qu'inclinaient et dressaient d'invisibles ailes, virent une large dalle vaguement luminescente parsemée de dessins étranges aux significations inconnues, comme inavouables, surmontée dans l'un de ses angles d'un autel désert recouvert de poussière dont les panneaux tourmentés de sculptures hideuses luisaient avec un éclat qui expliquait la faible luminosité ceignant ce lieu de culte.

Un tumultueux émoi se greffa sur nos âmes déjà malmenées ; et je dois avouer que le caractère sinistrement emblématique de ce que nous venions de découvrir déclencha en moi de nouvelles frayeurs. Je fus secoué de spasmes nerveux. De plus, je me rendis compte que j'avais oublié l'atroce mort de Marc, du moins ne semblait-elle plus me concerner, et ce qui avait pu advenir de son corps ne me concernait pas, cet événement était comme un fait divers qui se serait passé dans un pays lointain. Je subissais un enchantement maléfique qui traçait en moi une route ineffaçable. J'étais comme dans une sinistre cathédrale, en train d'attendre une messe noire, un envoûtement, une initiation dans les forces souterraines, j'étais seul, isolé du monde.

Mes compagnons inspectaient le lit de la rivière. Je les rejoignis. Michel me prit le bras, le serra comme pour me faire revenir à la réalité concrète. Pierre, sans doute encore sceptique, s'accroupit et plongea sa main dans l'eau noirâtre. Il l'en retira avec une expression de dégoût. L'eau était spongieuse, épaisse. Michel jura, me secoua. Surmontant mes angoisses, je me baissai, ce qui me coûta un effort immense, et fis pénétrer mes doigts dans le liquide, une nausée au bord des lèvres.

Un inexplicable courant vint battre mes phalanges. Le lieutenant avait raison : l'eau présentait au toucher une densité anormalement compacte, comme si les micro-organismes qui composent habituellement l'eau étaient des milliers de fois plus nombreux. C'était une rivière de boue, ou une rivière végétale, c'était étrange et glacé. J'eus brusquement l'impression que quelque chose ou quelqu'un tenait ma main, la pétrissait, tant l'eau était compacte. Devant ma mine interloquée, Michel s'accroupit à son tour et fit les mêmes gestes que moi. Je ressentis un élancement dans le crâne qui faillit me faire hurler. Mon ami retira sa main, la frotta contre sa veste avec une expression de dégoût. Il parla, je dus faire un effort pour comprendre ce qu'il disait. Il trouvait cette eau atroce, malsaine, et se demandait ce qu'était devenu l'ingénieur. Mais pourquoi le demandait-il ? N'avait-il pas compris ?

Il formula à voix plus haute et assurée qu'il fallait sortir de là, fuir. Je haussai les épaules, Pierre baissa la tête, il tremblait à présent. Si Michel se sentait encore capable de lutter contre la force qui nous tétanisait, contre les ondes qui nous maintenaient en ce lieu maudit, je ne me sentais pas pour ma part ni la force ni le courage pour me rebeller, je ne pouvais même pas parler pour tenter d'expliquer ces phénomènes. Expliquer ? Mais comment ? Fuir ? Mais je savais, sans le voir, que le tunnel s'était comblé derrière nous.

Nous étions prisonniers ... non, devenus membres de cette société souterraine, nous étions des éléments de cette chose, de cette atmosphère, de ce phénomène surnaturel. Il y avait quelqu'un, non, les parois de cette caverne étaient une créature vivante qui nous enserrait entre ses mains liquides et suintantes.

Je m'approchai de la dalle surmontée de son autel. Je comprenais maintenant le pourquoi de l'existence de ces berges qui m'avaient été, la première fois que je les avais vues, apparues forgées de la main de l'homme ou de quelque intelligence monstrueuse. Il fallait que les assistants d'un culte que je n'imaginais être que satanique puissent accéder à ce sanctuaire né de je ne sais quelle ancienne conjuration entre des humains et d'effrayantes et antiques entités contre le reste de l'humanité ... C'était l'autre versant, le côté noir, le monde d'en bas ... Eochaid, c'était lui, était passé de l'autre côté, par haine des hommes qui avaient pénétré son sanctuaire. Ou étaient-ce les hommes qui l'avaient précipité dans l'abime, comme une superstition d'un autre âge ? Les hommes qui ne respectaient plus les lois de la nature ...

La matière même de cette dalle ne ressemblait à rien qui me soit connu ; les dessins qui y étaient gravés déroutaient l'œil, dépassaient les limites de l'imagination terrestre, dessinant d'une manière inexplicable le lieu à dessein fermé où se nichaient les garrots suffocants de la terreur éternelle.

Je ne puis décrire les panneaux d'horreur ornant l'autel tant ce qu'ils représentaient exprimait les abimes terrifiques des anciens âges : nos mots, notre vocabulaire d'animaux évolués ne sauraient transcrire l'innommable. La seule image que je retenais, qui me retenait plutôt, était celle d'un cheval blanc que chevauchait une espèce de créature hideuse, que je ne parvenais pas à regarder et qui s'imposait derrière mon regard, comme à l'intérieur de mes orbites. Tout ce dont je me souviens, c'est, après la vision de ces hiéroglyphes démoniaques, avoir été la proie d'une frénétique agitation terrorisée, empêchant Michel de découvrir cette abomination. Je crois même que nous luttâmes quelques instants, n'étant plus nous-mêmes, sans force, comme des ectoplasmes cherchant à s'échapper d'un lieu clos.

Je ne sais si ce qui s'ensuivit fut la réalité ou bien alors un jeu pervers auquel se livra mon esprit, déjà mis à mal par les événements antérieurs. À moins que d'antiques visions n'aient surgi de l'au-delà, imposées par la force croupissante en ces cavernes humides.

Je me souvins d'une espèce de borborygme, d'un bruit de succion analogue, bien que plus fort, à celui émis par l'ingénieur alors qu'il criait avant d'être absorbé par l'eau. Je regardais le lieutenant s'enfoncer dans l'eau, la vase ou quoi qu'ait pu être cette substance, je voyais plus que je n'entendais son cri qui était quasi palpable pendant qu'il pénétrait lentement dans cette entité infernale.

Michel et moi suspendîmes nos gestes, nous étions encore en train de nous battre sans que ni l'un ni l'autre ne sente quoi que ce soit, ne puisse agit sur l'autre. Mon ami jura, hurla, lorsque le bruit qui n'était plus celui de Pierre, mais se fondait dans celui de l'élément ennemi, devenait celui de cet élément comme s'il se nourrissait des vies absorbées, ce bruit sembla tourner autour de nous, amplifié par une sorte d'écho qui tourbillonnait en volutes comme une tempête, un bruit de rage et de haine.

La rivière fut alors prise d'une malfaisante activité, animée par un esprit destructeur, elle était presque vivante, s'élevant en tourbillons comme des maelströms, tressant de nauséabondes cataractes, se ramifiant en lianes liquides à l'insoutenable odeur qui surgirent de la rivière, comme des branches imprégnées d'une vie propre, comme de monstrueux serpents d'eau vaseuse qui s'étendait vers nous, se creusant, retombant avec un bruit métallique sur le sol d'où semblait jaillir le hurlement qui vrillait nos oreilles. Le niveau de l'eau ne cessait de monter, envahissant convulsivement la caverne.

Les projections liquides grossissaient progressivement, monstres hideux, dangers insurmontables, à la fois attirants et horrifiques, glaçants de vertige tournoyant, nous entraînant vers un abîme sans fin et indéfini.

Au milieu de ce cauchemar de sons de cascade géante, dominé par l'abominable hurlement de la Bête qui déchaînait sa fureur, une vigueur désespérée fit mouvoir nos jambes vers le boyau inaccessible. Mais l'eau nous en empêcha, dressant devant nous une muraille liquide où apparaissait encore le corps de Pierre qui émettait un hurlement continu qui me glaça les tempes. Je compris alors que je n'avais que peu de temps à vivre.

L'eau montait, nous arrivant maintenant à la taille. Comme nous ne pouvions nous enfuir, nous nageâmes vers le fond de l'antre dans des tourbillons qui s'accrochaient à nos membres comme de putrides tentacules à la fois râpeux et visqueux. Dans cette recherche hagarde d'un improbable espoir de survie, une aspiration venue du sol, terrible siphon, m'arracha à la surface des flots. Je battis désespérément des mains, parvint à agripper une des jambes de Michel que je saisis vigoureusement ; une peur étouffante me cernait, mais mon ami était robuste et il parvint à me tirer vers l'un des angles de ce sanctuaire maudit.

Épuisés, nous nous adossâmes à la paroi de ce gigantesque tabernacle, fous de terreur. Je regardai une dernière fois Michel, son visage devenait bleu, ses yeux me parurent d'un rouge feu.

Les lianes liquides marchaient vers nous, la source profanée tenait sa vengeance. Le sang sillonnait mon cerveau d'insoutenables éclairs. Ce que je voyais dans la monstruosité qui allait m'annihiler, me noyer, me dévorer, c'était la Peur.

La Peur inamovible de tous les âges, de tous les esprits, c'était l'angoisse ceignant l'homme au détour d'un sentier, c'était la peur abominable d'un cimetière enténébré, c'était l'inimaginable inquiétude de ce qui pouvait arriver ou non. Une vague tenta de me happer, mais dans une détente de tous mes muscles, je parvins à plonger dans les abysses liquides. J'aperçus Michel se débattant sous l'eau, aspiré par la rivière. Mais était-ce encore Michel, était-ce vraiment une rivière ? Je ne pouvais rien pour lui.

Il me sembla que l'eau se calmait subitement. La Bête avait peut-être assez mangé ? Ou Eochaid était-il parvenu à l'arrêter, comme il avait pardonné à Habis, lui qui commandait aux eaux et à la terre ? Quelle entité avions-nous réveillée ?

Une mortelle fatigue m'envahit. De l'eau pénétrait dans mes poumons. Je crus voir flotter autour de moi des viscères sanguinolents, des morceaux de chair purulents, des os cassés, broyés, comme des reliques blanches.

Mais l'eau se retire-t-elle vraiment ? »

IX. UNE LETTRE.

Hôpital de S***, le ***

Madame Julie de B***

Manoir de D***

Route de Brissac

ANGERS

Chère Madame,

Tout d'abord, permettez-moi de vous transmettre un bonjour de la part de ma fille Marielle qui s'est beaucoup inquiétée en apprenant votre accident et se dit soulagée d'apprendre que vous n'avez pas été blessée et que l'affaire s'est arrangée au mieux. Ce cheval aurait pu vous tuer, nous vous félicitons ma fille et moi de la présence d'esprit que vous avez eue en sautant à terre avant qu'il ne se précipite depuis la colline sur l'autoroute où il s'est tué. Je ne connais pas la cause de cet accès de folie, peut-être une piqûre d'insecte sur un cheval déjà nerveux, en tout cas l'ancien propriétaire, que je connais bien, va vous faire parvenir le remboursement de la somme versée, il se sent un peu responsable de ce qui aurait pu arriver.

En ce qui concerne votre cousin, comme nous l'avions convenu lors de son internement, je vous signale qu'il est sorti lundi dernier de l'état de prostration dans lequel il demeurait depuis qu'il y a deux mois et demi il fut retrouvé à demi noyé dans les cavernes qui courent sous la ville d'Angers.

En effet, l'infirmier l'a trouvé éveillé et conscient, mais en proie à un trouble violent, ne parlant que pour demander de quoi écrire. En accord avec le psychiatre traitant, nous avons décidé d'accéder à cette demande, en le surveillant. Il passa sa journée à la rédaction du texte dont je joins une photocopie à cette lettre afin que vous puissiez en prendre connaissance. Depuis cet acte, votre cousin, s'il semble conscient, se refuse à tout dialogue, répondant aux questions qui lui sont posées en désignant le manuscrit.

N'ayant pu, faute de temps, étudier à fond les écrits de votre parent ni faire des recherches sur ce qu'il décrit, je me bornerai à vous livrer quelques constatations d'ordre général qui, je l'espère contribueront à vos recherches de la vérité concernant la journée du 6 décembre, vous pouvez les transmettre à la police afin qu'elle verse ces pièces au dossier si les enquêteurs le jugent utile.

Il est logique, à mon sens, de scinder en deux parties ce texte, d'ailleurs Étienne D*** a laissé un espace plus grand. La première partie narre sous une forme un peu romancée les événements qui ont pu être reconstitués à partir de la descente dans le souterrain de votre cousin et des trois autres personnes trouvées mortes. Il a pu se laisser entraîner par le style littéraire dont il use dans ses romans, pour y faire ressortir une origine paranormale.

En revanche, la seconde partie du texte, examinée pathologiquement, révèle que les faits y sont transposés dans un monde proche du délire hallucinatoire. Ce délire d'imagination à manifestations oniriques rejoint tout à fait ceux de certains patients que j'ai eus à traiter.

Il est possible de considérer que le traumatisme et le sentiment de culpabilité liés à la mort devant les yeux de votre parent de trois personnes – qu'il a peut-être, ne l'oublions jamais, noyées lui-même dans une crise de démence engendrée soit par l'étrangeté des lieux, soit par son alcoolisme notoire, les analyses nous ont révélé ce dernier point – aient engendré le besoin de recouvrir les faits concrets d'onirisme à thème paraphrénique, car de toute évidence il est logiquement impossible d'admettre la version présentée par le manuscrit.

La première hypothèse émise par la police est qu'il est coupable de meurtre par noyade, non seulement sur les trois personnes qui l'accompagnaient lors de la descente dans les sous-sols, mais aussi sur la personne de Maître André H*** quelques jours auparavant, et qu'il a transporté le corps jusqu'à la côte pour le jeter dans la mer. Mais, s'il est courant que des crises de démence décuplent la force physique des personnes atteintes, il parait difficile qu'il ait eu la capacité de le faire, à moins que ces personnes n'aient été affaiblies par une blessure, une chute ou ne se soient séparées, ce qui lui aurait permis de les attaquer un à un.

Il avait d'abord été transporté au service des urgences. Remarquant son état de prostration, et l'absence de blessures graves ou de lésions internes, le médecin-chef l'a fait transférer dans mon service. Ma première constatation a été un état psychique détérioré. La police m'a demandé de procéder à une expertise psychiatrique, au vu des soupçons pesant sur lui. Je ne puis que constater qu'il ne peut au sens juridique être tenu pour responsable des faits reprochés, étant sous le coup d'un état de démence.

Un dernier détail doit encore vous être précisé. Les dernières pages du manuscrit font allusion à une « entité » et à une « Bête » (notez, au passage, l'emploi de la majuscule). Je crois qu'il nous faut traduire ces expressions en de fréquentes allusions à la « folie » que le malade sent peu à peu l'envahir, lui laissant toutefois de brèves rémissions attestées par la lucidité et la précision descriptive de certaines phrases.

J'espère avoir, chère Madame, par ce trop succinct exposé quelque peu contribué à l'éclaircissement de ce texte. Il est bien évident qu'il sera soumis à des études plus approfondies, mais je tenais avant tout à ce que vous en prissiez connaissance ainsi que de mes premières conclusions.

Bien entendu, j'ai fait transmettre ces écrits et un double de la présente au défenseur de votre cousin, Maître R***.

Veuillez, dans l'attente d'autres nouvelles, recevoir, Madame, l'expression de mes sentiments les plus distingués.

Professeur Jean R***
Directeur des services psychiatriques
de l'hôpital de S***

X. VERDICT.

Deux mois plus tard, Julie recevait une nouvelle lettre du professeur R***, qui débutait ainsi :

« Et depuis que le visage de votre cousin s'est inexplicablement teinté d'un léger bleu dont nous ne parvenons pas à déceler médicalement l'origine, ses crises deviennent plus fréquentes, beaucoup plus fortes et intenses. Il ne cesse de tenter de s'évader en hurlant qu'il lui faut aller « nourrir la Bête ».

Suivaient des considérations purement cliniques.

TABLES DES MATIÈRES

Autres Ouvrages de Micheline Cumant :

- Monsieur Barbotin, Maître en Musique – Ou les tribulations d'un génie méconnu.

Sous le règle de Louis XV, naît un garçon nommé Barbotin, enfant gâté par ses parents et qui rêve de gloire : musique, théâtre, opéra, rien ne résiste à sa veine créatrice ... sauf les musiciens et le public ! Se prenant pour un génie méconnu, il parvient à la célébrité ... comme dindon de la farce ! Ses prétentions le font choisir comme cible de plaisanteries, et aussi de mises en scène, d'un groupe de pseudo-amis qui ne reculent devant rien pour se distraire aux dépens du malheureux musicien.

168 pages, BoD, décembre 2012.

- Le Réveillon de Socrate.

Dans un petit immeuble parisien vivent des professeurs, un écrivain, un homme d'affaires, un étudiant, une retraitée, un officier de police, des commerçants et la gardienne qui connait tout le monde et voit tout.

Mais, un beau jour, un crime est commis dans la maison. Et il y a Socrate, le chat de la narratrice, qui a tout entendu ... C'est évident, les chats savent toujours tout !

148 pages, BoD, avril 2013.

- Le Prince et ses Bouffons.

David est professeur de piano. Il a la vie de tout le monde, les soucis de tout un chacun, avec un petit plus : la musique. Un jour, il rencontre un Prince qui lui fait entrevoir une autre dimension de son art, de sa vie et même de lui-même. Il fait connaissance de toute une galerie de personnages qui vivent et pensent autrement, gardant soigneusement au-dehors les contingences sociales et les bouleversements politiques, ou alors les traitant avec humour. Au centre de ce cénacle, il y a le Prince russe, étalant sa foi, sa richesse, son amour pour l'art et distribuant son amitié comme ses chèques à qui montre qu'il a quelque chose en lui … Mais peut-on jouer du Liszt, a-t-on le droit de montrer sa foi en l'art entre deux courriers administratifs et au milieu de circonstances dramatiques ? Et l'amitié peut-elle rester intacte malgré tout …

308 pages, BoD, octobre 2013

- *Je m'ennuie…*

S'ennuyer … concerne tout le monde et toutes les époques ! Que l'on soit une artiste peintre, une comptable, un chevalier du Moyen-âge, la Comtesse du Barry, une vache, un soldat en 1940 ou la Tour Eiffel, nous sommes tous confrontés à ce vilain parasite que constitue l'ennui. Cette série de nouvelles décrit des personnages qui ont tous en commun de s'ennuyer dans une vie monotone et grise et que cet ennui pousse à agir d'une façon … logique ou non, selon les circonstances personnelles et historiques. Même les vaches et les pianos peuvent le dire !

142 pages, BoD, novembre 2015.

- *L'Ombre descendit sur le jardin.*

Sonia a quinze ans, l'âge où l'on se découvre, mais aussi où l'on se sent responsable et où l'on se culpabilise de ne pouvoir changer le monde. Au moment où des sentiments s'éveillent en elle, elle voit sa sœur aînée, qui a toujours été pour elle un soutien, un modèle, sombrer dans une déchéance dont elle ne comprend pas tout de suite la cause. Seule , Sonia est seule à pouvoir affronter la réalité, ne sachant à qui ou à quoi attribuer la responsabilité de ce malheur.

132 pages, BoD, juin 2016.

- *Musicien et professeur de musique au XVIIIe siècle : La pédagogie musicale en France au 18e siècle et son application dans les ouvrages théoriques pour instrument à archet.*

Comment apprenait-on la musique autrefois ? Avec des coups de règle sur les doigts ? Ou bien cherchait-on à développer l'oreille, le sens musical et la culture ? Y avait-il des ouvrages comparables à nos "Méthodes" actuelles ?

De plus, on ne joue pas Vivaldi ou Bach comme Chopin ou Brahms ! L'interprétation des musiques de l'époque baroque obéit à certains critères, le principal étant la liberté laissée à l'interprète d'orner la ligne mélodique à son goût.

Outre une description des ouvrages pédagogique de l'époque, l'ouvrage traite du statut des musiciens et de la façon dont on considérait le pédagogue. N'oublions pas que le 18e siècle est celui de l'Encyclopédie de Diderot et D'Alembert et de l'Émile de Rousseau : la pédagogie, l'apprentissage, la diffusion du savoir deviennent des notions importantes. On ne parle pas encore de "publicité", mais elle est en germe durant le siècle des Lumières.

80 pages A4, BoD, novembre 2013.

- *La Musique Classique : Petit Guide des Compositeurs.*

Ce petit ouvrage s'adresse à tous ceux que rebutent un gros dictionnaire ou une histoire de la musique en plusieurs volumes. Il ne prétend pas à être exhaustif, n'y figurent que les compositeurs les plus connus de la musique dite « classique », à propos desquels il donne des renseignements succincts. Ceux-ci y sont classés par époque, respectant les grandes divisions stylistiques de l'histoire de la musique.

42 pages, Amazon Create Space, avril 2015.

Existe en langue anglaise.

- *La Musique du Rite Syriaque: Histoire de l'Eglise Syriaque et de sa musique - Analyse Musicale.*

Les Églises chrétiennes d'Orient sont les gardiennes d'une tradition remontant aux premiers temps du christianisme. Les événements actuels menacent de faire disparaître ces traditions liturgiques. Il est important de fixer ces types de musiques, afin qu'ils ne sombrent pas dans l'oubli : en effet elles se sont transmises jusqu'à une époque récente par tradition orale, et furent notées par des chercheurs à une époque récente. Cet ouvrage veut être une introduction rapide à la tradition musicale du rite syriaque, qui a perduré en Syrie, au Liban, en Irak notamment.

42 pages, Amazon Create Space, août 2015.

Tous les ouvrages existent en version livre papier et en ebook.